Reimer Bull

Wat för en Leven
Geschichten över Geschichten

Quickborn-Verlag

Alle Rechte, insbesondere der Vervielfältigung,
der Übersetzung, der Dramatisierung, der Rundfunkübertragung,
der Tonträgeraufnahme, der Verfilmung, des Fernsehens und
des Vortrages, auch auszugsweise, vorbehalten.

Die plattdeutsche Schreibweise
ist unverändert vom Autor übernommen worden.

ISBN 3-87651-242-5

© Copyright 2002 by Quickborn-Verlag, Hamburg
Umschlagabbildung: Christel Hudemann, Hamburg
Gesamtherstellung: Clausen & Bosse GmbH, Leck
Der Umwelt zuliebe
auf chlorfrei gebleichtem Papier gedruckt
und nicht eingeschweißt
Printed in Germany

Inhalt

I
Otto, du büst dat ok nich 11
20 Minuten dörvt he 14
Op den Hund kamen 19
De Muus 23
Dat sünd doch keen Köh, dat sünd Peer 29
Wat doon? 35
Absolut 37
Schock 42
Dat ›Sein‹ un dat ›Nichts‹ 46
Oss un Esel 50
Verstand 55

II
Langsamer Walzer 59
Morgen fröh … 62
Ok du, mien Dorle, instiegen! 65
Annas Graff 70
Handy 74

De ool Mohr 79
De Mann un sien Kater 84
Vun den Mann, de Fruu un den Dood 85
Övern Karkhoff in Skagen 87

   III
Hein Matzen, Hermann Öhlerich,
Korl Denker un ik 95

Dat Leven is, wat dat is un weer,
un nich, wat dat harr ween kunnt.
Un dat mehrst dorvun is Tofall.

I

Otto, du büst dat ok nich

Ik heff Otto Heuer toletzt sehn, do weern wi Jungs, wi hebbt in desülvige Straat wahnt un gelegentli mitenanner speelt. Denn gung he ut de School, siet de Tiet heff ik nix mehr vun em höört. Dat is meist foffti Johr her. Un as he güstern miteens wedder vör mi stunn, do heff ik em nich mehr kennt hatt.

Dat weer in dat Theater, wo ik jüst mien Geschichten vertellt harr. Do steiht en olen Mann mit en kahlen Kopp vör mi un fraagt: Kennst du mi noch?

Ik keek em verwunnert an: Schall ik Se kennen?

Dat nehm ik an, sä he, du hest jüst vun mi vertellt.

Ik dach, wenn he ›du‹ to mi seggt, mutt ik em wull kennen un fröög: Ik vun di?

He nück.

Ik keek em scharp an, kunn em aver nich ünnerbringen.

Vun Otto Heuer, sä he.

Otto Heuer? Büst du womööglich …?

Bün ik, nück he.

Otto! reep ik. Otto, du meenst de Geschicht vun den Mann, de rop na de Lofoten is, he will sik dor de Sünn ankieken, de in Sommer nich ünnergeiht?

Jüst de, sä he.

Otto, den Mann heff ik dien Naam geven, de gefallt mi so goot.

Dor dank ik di för, sä he, aver ik wull di man seggen, ik weer noch nie op de Lofoten.

Aver du büst dat ok je nich, lach ik, dat is bloots dien Naam.

De Naam aver bün ik, sä he, un nu denkt de Lüüd womööglich, ik weer op de Lofoten. Un dat ok noch mit en Fruu, de Karla heten deit. Mien Fruu aver heet Olga. Sowat gifft Arger.

Otto, sä ik, ok Karla gifft dat nich.

Dat seggst du so, sä he, Willi Küppers is mit en Fruu verheiraadt, de heet Karla. Un de beiden sünd uns Campingfrünnen ut Bergisch-Gladbach. Un wenn Willi dien Geschicht to lesen kriggt, oder du vertellst ehr in't Fernsehn, denn gifft dat Larm un Striet, Willi is en ieversüchtigen.

Otto, sä ik wedder un keek em gedüllig an, de Mann op de Lofoten un de Fruu bi em, dat sünd utdacht Personen in en Geschicht.

Aver he schüttkopp.

Du hest ok maal en Geschicht schreven, sä he, in de versuppt sik en Fruu. In ehr best Kleed. De kenn ik ok.

Dat kann nich angahn, Otto! worr ik argerlich. Ik kenn de Fruu nich, ik heff ehr mi utdacht.

De kummt ut Timmaspe, sä he, dor hett se sik versapen. Dat weer Gerda Kröger, de Fruu vun Bäcker Kröger. Se weer swoormödig. Un de wullt du nich kennt hebben? Wo du doch jüst dat vun ehr schreven hest, dat se swoormödig weer. Bi di steiht, se hett en swatt Seel hatt, un dat weer ok so. Ik raad di, sä he, vertell keen Geschichten vun Lüüd, de dat gifft. De Wohrheet geiht nüms wat an. Un schriev nix, wat nich wohr is, so as vun mi. Dat gifft Arger, wenn en de Nees in anner Lüüd ehr Leven stickt. Sä dat un gung.

Un ik sitt nu dor, weet nich, schall ik vertellen oder schall ik dat Vertellen nalaten. Denn dat Vertellen, dat stickt de Nees jümmer in dat Leven.

20 Minuten dörvt he

Wat den en sien Uul, is den annern sien Nachtigall; Paul Scholz sien Nachtigall heet Waldi, is en lütten Hund, den hett he siet veerteihn Daag un is so lang ok al Hannes Kühl sien Uul. Denn sodra Hannes nu ut' Huus kummt, in'n Goorn geiht to planten, harken un Unkruut pulen, foorts fangt blangenan Waldi dat Bellen an. Un jüst dat, seggt Paul, schall he ok, denn Paul hett leest, dat best Middel gegen Inbrekers is jümmer noch en Hund. Polizeilich bestätigt, seggt Paul un freut sik as en Stint, dat Waldi op'n Kiewiev is un bellt, wenn sik wat um Paul sien Huus röhrt. Sünnerlich nachts. Denn kruppt Paul ut' Bett, schuult vörsichtig dörch de Gardien, wat sik dor buten deit, un geiht tofreden wedder to Klapp, wenn he süht, dat is man bloots sien olen Naver Hannes, de kummt vun't Kortenspelen na Huus. Ruhig, Waldi, seggt Paul denn, ruhig, dat is Hannes, de deit uns nix, bi em mööt wi nich bellen.

Dat kann so'n Hund aver je nich weten, un em is dat ok eendoon, wat dat Dag oder Nacht is, wenn he bellt. Un dat hett Hannes möör maakt. Do is he na Paul röver un hett seggt: Ik will mi nich mit di vertöörnen, aver mutt dien Köter so asig blaffen un dat jümmerloos? Paul aver hett de Lippen small maakt un spitz antert: Dat is keen Köter, dat is en Hund, un he blafft ok nich, he sleit an, un dat deit he nich jümmerloos, he bellt bloots bi Gefohr! Bi Gefohr? hett Hannes schimpt. Wenn ik mank de Kantüffeln togang bün, wo liggt dor de Gefohr? Ik smiet doch nich mit Kantüffeln na di! Segg dien Köter dat un gewöhn em dat Blaffen af!

Den annern Dag is Paul na de Polizei un hett fraagt: Wo lang dörvt en Hund bellen? Ununterbrochen maximal 20 Minuten, hett de Beamte antert. Allens, wat dor ünner leeg weer ›kurzzeitiges Anschlagen‹ un sotoseggen de Natur vun so'n Hund, de muß je ok maal op de Welt reageren könen.

Un so hett Paul dat ok Hannes verkloort. 20 Minuten dörv he, hett he seggt, schull he doch maal länger bellen, denn kiek man lever bi mi in, denn lieg ik womööglich op de Deel un heff en övern Dööz kregen. Allens annere aver, Hannes, is ›kurzzeitiges Anschlagen‹ un den Hund sien Natur. Denn freut he sik, wenn he di süht un höört. Dat kannst em nich nehmen.

Dat warrt sik wiesen, hett Hannes gnurrt un hett dat Gruveln anfungen.

Dree Daag lang hett he gruvelt, un as dat an' drüdden Dag Nacht warrt, do kummt he ut sien Sessel hooch, treckt sik de Schöh an, den Mantel, langt na sien Handstock, den mit de isern Spitz ünnen, de jümmer so schöön ›tick‹ op dat Plaster maakt, slütt de Huusdöör op, geiht ut' Huus, op de Straat, un tickt sik na Paul sien Huus hin. Dat liggt in' Dustern, Paul slöppt. Noch. Denn nu steiht Hannes vör Paul sien Poort, stippt mit den Handstock en beten op dat Plaster rum, kickt op de Klock, halvi twölf, un do geiht dat Spektakel ok al loos. Waldi! Alarm!

Buten geiht dat Licht an. Paul steiht in de Döör, kickt verschüchtert rundum, warrt Hannes gewahr un röppt liesen: Verdammi, wat maakst du hier buten? Vundaag is doch keen Kortenspelen! Wat rittst du mi ut'n Slaap! Hannes aver wiest op sien linket Been un flustert: Thrombose, Paul, de Dokter hett seggt, dat best weer Lopen, Dag un Nacht lopen. Deit mi leed, slaap man wieder.

Geiht nu de Straat hooch, dreiht um un tickt sik wedder op Paul sien Huus to, blifft stahn. Alarm! Licht! Paul in de Döör. Schüttkoppt. Waldi bellt. Un Hannes seggt: Ah, wat kann sik so'n Hund doch freuen, Paul.

So geiht dat söven Daag. Man denn, an' achten Dag, do bellt Waldi nich. Nanu, denkt Hannes, geiht aver de Straat hooch, dreiht um, tickt sik wedder op Paul sien Huus to, allens still, keen Waldi, keen Paul. Dunnerwedder, verfehrt Hannes sik, dor is doch wull nix passeert? Maakt de Poort op, geiht op de Huusdöör to, lustert, löppt um dat Huus, kloppt an't Finster. Nix. Schall he nu de Polizei anropen un mellen, bi Paul Scholz is allens still un sowat kann nich angahn?

Lett dat aver un geiht na Huus. Liggt in't Bett un kriggt den Slaap nich faat. Un wenn he wegsackt, droomt he: Maal is Waldi doot, maal Paul. Denn fohrt he hooch, stiggt ut' Bett, kickt na Paul röver, allens duster. So quält he sik dörch de Nacht.
   Gegen Morgen druselt he in.

As he opwaakt, löppt he foorts na't Finster, ritt dat op un süht Paul. De sitt op sien Terrass, Waldi liggt em to Fööt un fangt foorts dat Bellen an, as he Hannes an't Finster höört. Mein Himmel, Paul, röppt Hannes, wo weerst du vunnacht? Ik heff wegen di keen Oog tokregen!
   Paul winkt em vergnöögt to: Bi mien Süster, röppt he. Ik wull ok maal wedder en Nacht dörchslapen. Dien Thrombosebeen hett uns in de letzten Nachen je gewaltig in de Gangen holen. Wat maakt dat Been

denn? Geiht dat beter? Mußt du jümmer noch soveel lopen? Schull dat nachts nich mehr nödig ween, denn segg man Bescheed, denn köönt Waldi un ik ok wedder to Huus slapen!

Paul, hett Hannes do seggt, ehrer du dat vergittst, dat bün nich ik, de bellt.

Dat weet ik, hett Paul fründlich antert, aver du lettst bellen. Un dat is noch leger!

Do hett Hannes dat Finster tomaakt, un siet den Dag is Roh in de Nacht. Wenn dat natüürlich ok wahr blifft: Wat den en sien Uul, is den annern sien Nachtigall.

Op den Hund kamen

Hubert Hansen hett en anner Fruu kennenlehrt. Un as dat so geiht, sien Fruu Trudel is em dor achter kamen. Nu will he sik scheden laten, se aver will dat partout nich. Sowat kummt vör, denkt se, un sowat geiht ok wedder vörbi. Na 27 Johren Ehe kann se so'n Intermezzo utsitten.

Nu duurt dat aver mit dat Intermezzo doch recht wat länger, as Trudel sik dat dacht hett. Do fangt se dat Schimpen an, wat he för en Slöpendriever is, un wenn he nich bald de Fingers vun de anner Fruu lett, denn will se maal mit ehr snacken.

Do warrt Hubert füünsch un seggt, he will nu uttrecken un bi de anner Fruu intrecken un sien Hund, den will he ok mitnehmen. Un dat is en Dobermann ween, Baldur. An em hett sien Hart hungen. Sien Fruu aver hett den Hund nie nich afkunnt, jümmerto hett se dibbert, he stinkt, un överall in't Huus verlüst he sien Hoor. Is je ekelhaft!

Un wo Hubert un Baldur nu ut' Huus gaht, harr se je an un för sik vergnöögt ween kunnt, se is den Köter loos. Aver leider ok Hubert, un dat will se doch nich. Ut dat Oog ut'n Sinn, denkt se un warrt nu doch wat banghaftiger, ut dat Intermezzo schall je keen Finale warrn.

Wieldem huukt Hubert un Baldur bi de anner Fruu. Man dat duurt nich lang, do seggt de Fruu, se kann Baldur nich af, se kann överhaupt keen Hunnen lieden. Hubert schall em man sien ool Fruu överlaten. Dat will he aver nich. Denn kann se em nich in't Huus hebben, seggt de Fruu. Do geiht he loos un will sik en egen Wahnung söken. Na Huus mach he nich.

Man wo he ok kümmt, nüms will den Dobermann in't Huus hebben. De en hett Bang för sien Kinner, de anner um sien Katt, un de Drüdd is sik seker, vun Hunnenhoren kriggt he Asthma. Do mutt Hubert je doch wedder in sien ool Huus trecken.

Na, denkt sien Fruu, nu is dat Intermezzo wull toenn un fraagt: Hett se di över, oder hest du ehr satt. He aver schüttkoppt trurig un vertellt ehr dat Mallöör mit den Hund. Un wo he so vertellt, do kickt Trudel Baldur deep in de Ogen un denkt, ah nee, denkt se, wat is dat doch för'n feinen Hund, striekelt em un flustert: Mien Baldur, bliev du man lang gesund.

Hubert aver fangt dat Sinneren an: Wat schall he maken? Schall he Baldur afgeven? He mach de anner Fruu doch so geern lieden. He kann dat aver nich. Dat seggt he de anner Fruu, de trööst em un meent, de Hund weer je al oolt, wenn he denn maaleens starven schull, denn kunn Hubert för all Tieden bi ehr wahnen. För't eerst aver, hett se seggt, kummst du mi besöken, ahn den Hund. Dat hett he denn ok doon.

Trudel aver hett Baldur heegt un pleegt, denn solang as de Hund noch dor is, kummt Hubert je jümmer wedder to ehr an't Huus, he will doch sien Hund maal sehn.

So geiht dat knapp een Johr, do seggt Hubert to Trudel, de anner Fruu is doch nich de richtige, un he will nu ok nich mehr uttrecken. Do hett Trudel süüfzt un hett dacht: Geduld is en fein Kruut. Hubert aver hett sik to sien Hund freut un hett mit em dalvert un speelt.

Man den enen Dag, do leggt Baldur sik op de Eer, steiht nich mehr op, is oolt un möör, un de Dokter mutt em en Sprütt geven. Do hebbt Hubert un Trudel beid en beten weent. Un Trudel hett snuckert, so'n Hund, dat is je doch de best Fründ op de Welt, hett se seggt, un se wünscht sik foorts en niegen Hund, opleevst wedder en lütten Dobermann. Hubert hett ehr verbaast ankeken un hett fraagt: Woso dat denn? Du machst doch gor keen Hunnen lieden? Trudel aver hett antert: Dat hett sik ännert, ik wünsch mi nu ganz dull en frischen lütten Baldur! Un wo he sik noch verwunnert, denkt se, wokeen weet, wo lang dat duurt un dat neegst Intermezzo kummt op ehr to. Se hangt je doch an ehren Hubert.

De Muus

Kennen lehrt heff ik den Mann op Lanzarote. Witt un bleek seet he an' Strand. He wull sik den Rüch gegen de Sünn insmeren, kunn aver nich nach achtern langen, worr gnatzig un smeet de Flasch weg, mi vör de Fööt. Ik heff ehr opsammelt.

Wat is loos? fröög ik.

Nix, grummel he, ik bün vergrellt. Överall liegt Lüüd, een smeert den annern den Rüch in, un ik huuk hier alleen, kann nich na achtern langen un verbrenn mi den Rüch. En Tostand is dat!

Denn kamen Se man maal her, lach ik, ik smeer Se in.

Sowiet kummt dat noch! reep he. Nee, danke!

An' Avend heff ik em weddersehn, he wahn in datsülvige Hotel as ik.

Sitten Se alleen to eten? fröög ik. Kann ik mi dorto setten?

He nück. So sünd wi in't Vertellen kamen.

Hebben Se keen Fruu? heff ik em fraagt.
De is vör twee Johr storven, sä he.
Deit mi leed.
Un Se? fröög he.
Wittmann as Se, aver al länger.
Un wo geiht Se dat dormit?
En gewöhnt sik. Ik kann't utholen.
Ik nich, sä he.

Den annern Avend fröög he, wat ik en glückliche Ehe hatt harr.

Wat is Glück? sä ik. Wi sünd goot mitenanner langskamen.

Wi weern glücklich, sä he. Wi hebbt tosamen uns Geschäft föhrt, hebbt dat glieke Hobby hatt, sünd jeedeen Sommer rop na Dänemark seilt un hebbt dor jümmer in datsülvige Sommerhuus wahnt. Över twintig Johr lang.

Un woso sitten Se denn hier un nich in dat Sommerhuus? verwunner ik mi.

Wegen de Muus, sä he. Wegen uns Muus. Aver de is nu doot. Wi harrn dor all de Johren en Muus in dat Sommerhuus, de weer al dor, as wi dat eerstmaal kamen sünd. Den enen Avend hebbt wi ehr in't Kökenschapp tippeln hööt. Un as ik dat Schapp opmaak, sitt se dor, kickt mi an, un rundum liggt allens vull vun ehr lütten Kötels. Eerstan hebbt wi en Fall opstellen wullt, man as dat den annern Dag in't

Schapp wedder tippelt un tappelt un ik nakiek, do sünd dor noch twee lüürlütte Muuskinner bi ehr. Do heff ik to mien Fruu seggt: Erika, ik bün keen Herodes, laat ehr leven, se doot uns nix. So hebbt wi uns an de Muus gewöhnt. Aver dat Drullige is, se weer jeedeen Johr dor, amenn hebbt wi seggt, wenn wi loosseilt sünd, wat uns lütt Muus wull al op uns töövt? Wenn dat mit de Johren je ok al ehr Kinner un Kinneskinner weern, dor in't Schapp, för uns is dat jümmer desülvige Muus bleven, uns Muus.

Un woso is de Muus nu doot? fröög ik.

Vergangen Johr, sä he. In' Sommer. Ik kann nich alleen ween, ik harr en Fruu kennenlehrt. Mit de bün ik rop na Dänemark seilt. In dat lütt Sommerhuus. Ik harr dorvun swöögt. Eerstan weer se wat tögerli, dat Huus worr je vull vun vergangen Leven sitten, aver ik heff seggt, vergahn is vergahn.

Se hett dat Huus denn ok foorts lieden mucht. Nu, wo se dat süht, hett se seggt, freut se sik op de Daag in dat lütt Huus.

Ik heff ehr all Stuven wiest un denn seggt: Nu gaht wi an den Strand! Man se wull eerst en Tass Kaffee opsetten, den harr se nödig, hett se seggt, ik kunn je al maal alleen kieken gahn, solang as de Kaffee noch nich ferdig weer.

Do bün ik an't Water gahn, heff över de See keken un heff dacht, wi hebbt nienich eerst Kaffee drunken un sünd denn an't Water. Dat weer doch jümmer dat eerst ween, de Düün hoochlopen un de See goden Dag seggen. Nadem is mien Fruu jümmer na unsen Koopmann gahn, hett dat Nödigste inkofft, un ik bün na dat Strandhotel fohrt un heff dor unsen Disch reserveren laten, för dat eerst Avendeten in de Ferien. Na dat Eten sünd wi in den Roden Salon umtrocken, wo wi unsen Kaffee un Cognac hatt hebbt, in den Salon mit de olen Biller an de Wannen un op den Schrievdisch de Gästeböker vun de vergangen Johren. Jeedeenmaal wenn wi dor kamen sünd, hebbt wi in düsse Böker leest, hebbt leest, wat wi sülm maal schreven hebbt. Dat een Johr stunn dor bloots: H. u. E. u? ›H‹ bün ik, Herbert, ›E‹ is mien Fruu, Erika, dat Fraagteken stunn för wat Lütts, dat kamen schull, Katharina. De is nu aver ok al lang vun't Huus. An de een Wand vun't Sommerhuus kann en hüüt noch sehn, wo se mit de Johren hochwussen is, ik heff dor jümmer en lütten Streek över ehren Kopp trocken, un de Lütt hett denn ropen: Voriges Jahr war ich aber noch klein!

Na ja, ik bün denn vun de Düün trüch na de Hütt un heff mit de Fruu Kaffee drunken, bün na dat Strandhotel un heff den Disch reserveren laten. Wi sünd to Eten hinfort, un se much allens lieden.

Un wo wi dor eet un drinkt, do fallt mi de Muus in, un ik segg, wenn wi naher na Huus kaamt, denn will ik ehr noch en lütten Gast vörstellen. Nanu, seggt se, sünd wi beiden nich alleen? Du warrst dat gewohr, segg ik. Un denn snackt wi dor ok nich mehr vun, sünd vergnöögt un sitt in den Roden Salon un drinkt Kaffee un Cognac.

Denn fohrt wi trüch, un wo wi in de Hütt sitt, kiek ik na de Döör vun dat Kökenschapp, luster un segg, ik will ehr nu glieks den lütten Gast vörstellen, se schall man maal ganz liesen ween, denn nu muß he sik bilüttens mellen. Aver dor is nix to hören. Do bün ik opstahn un heff de Döör vun't Kökenschapp opmaakt un will sehn, wat uns lütt Muus dor nich al sitt un wenn se dor noch nich is, wat denn ehr Kötels dor liggt un wi uns wedder op ehr freun köönt. Un wo ik in dat Schapp kiek, do liggt se dor doot in de Muusfall. Un de Fruu seggt: Ik heff de Kötels sehn, as du ünnerwegens weerst un heff de Fall opstellt, de leeg hier je al, wi wüllt doch nich mit en Muus in't Huus wahnen. Doch, heff ik seggt, ik wull dat, un heff de Geschicht vun de Muus vertellt.

En paar Daag later sünd wi na Huus seilt un sünd denn ok bald uteneen.

So vertell he. Den annern Morgen leeg en Breev in mien Hotelfach. He schreev, he weer na Huus flagen, he wull dor nich mehr an' Strand sitten un kunn sik den Rüch nich insmeren.

Dat sünd doch keen Köh,
dat sünd Peer

Dat harrn Eva un Fritz Meiners sik anners dacht. Ehr Enkelkinner schullen kamen un dree Weken blieven. De Öllern wullen maal alleen verreisen, optanken. Un Oma un Opa harrn seggt, schickt se man her, wi freut uns op ehr. Op Clarissa, 4 Johr oolt, op Jan, 6, un Moritz, 8.

Man as de dree Weken um sünd un de Öllern wedder trüch, bruunbrennt, vergnöögt, un staht bi Oma un Opa in de Stuuv, do huukt Oma schachmatt in ehren Sessel, un Opa sitt piel as en Pahl op sien Stohl, maakt smalle Lippen, as will he sik wat verkniepen. Dat hebbt de Öllern wull översehn hatt, denn de fungen nu dat Vertellen an vun Italien, vun Vino, Disco un wo herrlich dat maal wedder ahn Gören ween weer. Denn geev dat Eten, nadem mussen de Kinner to Klapp. Un as de Groten wedder in de Stuuv sitt, do fraagt de Vadder, wat ehr Kinner sik ok jümmer manierlich opföhrt harrn? Dat wull he doch höpen.

Oma seggt nix, kickt bloots Opa an, de steiht op, geiht na sien Schrievdisch, hoolt en Schoolheft, leggt dat op den Disch un seggt to sien Söhn: Dat kannst du mitnehmen.

Un wat schall dat ween? fraagt de verwunnert.

En Protokoll, seggt de Ool.

Wat för en Protokoll?

Die Niederschrift unserer Erlebnisse mit euren Kindern. In exemplarischen Auszügen. Leest dat man to Huus, seggt Opa, vunavend wüllt wi uns nich argern.

Solang hett he dat aver nich utholen, de Vadder. As he in't Bett liggt, sleit he dat Heft op, fangt dat Lesen an, un dat duurt nich lang, do seggt he to sien Fruu: Nu höör di dat maal an!

Sünnavend

Jan un Moritz in de Baadstuuv. Se schüllt duschen. Un kaamt dor nich mehr ruut. Ik kiek na. In de Baadstuuv drüppelt dat Water vun de Deek un löppt de Wannen daal. Moritz seggt, se köönt nu Nevel maken. Wenn en dat hitte Water mit de Duusch an de Deek sprütt, ritt denn dat Finster op, un de koole Luft kummt rin, denn gifft dat foorts Nevel.

Willst du das mal sehen, Opa? Dann mußt du dich ausziehen und reinkommen.

Wissenschaftlich is dor nix gegen to seggen, so entsteiht Nevel.

Aver mutt dat in mien Baadstuuv ween? De Deek is hin.

Middeweken

Oma steiht mit Clarissa an' Rand vun Buur Schütt sien Peerkoppel.

De Lütt seggt: Das sind aber schöne Kühe.

Oma kickt ehr verbaast an. Dat sünd keen Köh, seggt se, dat sünd Peer!

Aver Clarissa seggt. Das sind Kühe!

Wat is di dat denn, denkt Oma, un seggt gedüllig: Clarissa, diese Tiere nennt man Pferde.

Aber ich nenn sie Kühe! antert de Lütt.

Do hett Oma dacht, wat schall se sik mit de Lütt strieden un hett süüfzt: Wenn dat denn partout Köh ween schüllt, denn laat dat Köh ween!

Do fangt de Lütt dat Snuckern an un röppt: Oma, ich will doch mit dir streiten! Mama streitet nie mit mir. Kann man mit dir auch nicht streiten?

Oma versteiht de Welt nich mehr, se will sik nu en Book över ›Kindererziehung heute‹ kopen.

Dünnersdag

Mit Opa kann en strieden. Ik heff to Jan seggt, he schall ut den Appelboom kamen, de is oolt un brickt womööglich. De Jung höört nich. Do heff ik em rünnerhoolt un em en lütten Klapps achtervör geven. Nu seggt Jan to Moritz: Opa weiß, was er will.

Friedag

Ik stah mit Naver Sievers in' Goorn, wi wüllt en ool Kiefer fällen. Clarissa fraagt Oma: Ist Opa jetzt so wütend, daß er vor Wut Bäume umhaut? Oma hett seggt: Dat nehm ik nich an.

Mandag

Güstern weern as gewöhnlich Gerda un Willi Lohmann to Kortenspelen bi uns. Tovör gifft dat en lütt Avendeten. De Kinner hebbt mit an' Disch seten. Willi harr dor op bestahn. Se schüllt nich wegen uns ehrer to Bett möön, hett he seggt. Dor harrn wi uns man nich op inlaten schullt, de Gören harrn dat Seggen an' Disch. So na en Viddelstunn hett Willi, so ut Spaaß, den Finger hoochholen, he wull ok maal wat seggen. Do kickt Jan em an un seggt: Du hast völlig Recht, bei Opa zieht es. Aber du mußt den Finger naß machen, dann weißt du, woher der Wind kommt.

  Do heff ik seggt: Nu weiht hier en annern Wind. Ihr haltet den Mund, die Erwachsenen wollen auch maal was erzählen! Se weern mucksch, aver still.

Man na en Tietlang mark ik, de beiden Jungs sünd mit wat ünnern Disch togangen. Un wat doot se dor? Se hebbt ehr Handys un mailt sik ünnern Disch Breeven to. Ätzend, hett de Lütt den Groten anmailt. Wie kommen wir hier 'raus? Dir wird schlecht, hett Moritz antert. Roger! hett Jan mailt un dat Wörgen anfungen.

Ik heff ehr de Handys wegnahmen, un Oma hett ehr to Bett brocht. Se hebbt brüllt, se wullen ehr Handys wedderhebben, de harr ehr Vadder ehr vör den Urlaub schenkt, dat se de dree Weken bi uns mit ehr Frünnen in de Stadt ›kontakten‹ kunnen.

Entweder ik fall ut de Welt oder dor löppt wat verkehrt?

Dingsdag

Jan un Moritz hebbt sik mien Saag ut den Stall hoolt un een vun mien jungen Dannen afsaagt. Se weern ok so giftig un wulln ehr Raasch, so as Opa, an de Bööm utlaten, denn worr dat je annerseen nich schaden. Do heff ik ehr gewaltig vör't Brett kregen. Jan hett to Oma seggt: Nun war er so wütend, da hat auch kein Baum mehr geholfen. Das hätte Papa nie getan. Bei Opa weiß man wenigstens, was er denkt und woran man ist. Bei Mama und Papa weiß man das nie.

Mein Himmel, seggt de Vadder dor in sien Bett, blödert in dat Heft un denkt, wat kummt denn nu noch. Un sleit de letzt Siet op.

Sünndag

De Öllern sünd trüch. Dat Auto is packt. Morgen fröh fohrt se na Huus. Ik schriev mien Protokoll. Moritz kummt dor över to un fraagt, wat ik dor schriev. Ik segg: Vun di, Jan un Clarissa.

Clarissa löppt na Oma un flustert: Oma, kann ich dich maal ganz schnell was unter zwei Augen fragen? Ünner twee Ogen? hett Oma lacht. Denn mööt wi nu wull beid een Oog tokniepen. Wat wullt du mi denn fragen?

Oma, waren wir böse? Moritz sagt, Opa hat ein Buch über uns geschrieben Nich över jüm, hett Oma seggt. Über Mama und Papa. Aber das bleibt unter uns zwei Augen!

Do hett de Lütt dat een Oog fast toknepen un hett düchtig mit den Kopp nückt.

Wat seggst du nu dorto? seggt de Vadder un sleit dat Heft to. Will dat sien Fruu to lesen geven, aver de is al indruselt un slöppt.

Wat doon?

Wat harr de Vadder denn doon schullt? Sien Kinner hebbt in't Auto seten, he will ehr na'n Kinnergoorn fohren, so as jeedeen Morgen op sien Weg na de Arbeid.

Un wo se dor nu in sien Auto sitt, de lütt Maike un Imke, mutt he mit ehr ›Flugzeug‹ spelen; se mööt sik ansnallen, denn rullt he langsaam ut de Garaasch op de Straat, röppt: Starten! Un fohrt nu loos.

Un as he loosfohrt, springt dor miteens en Wildkaninck för sien Auto un kummt ünner de Rööd. Dat kann he spören. Un süht ok al in den Spegel dat Kaninck op de Straat leggen, dat spaddelt mit de Been.

Un wo he noch denkt, schall he nu utstiegen, dat Kaninck gau um de Huuseck drägen un dat doothauen, oder schall wiederfohren, do blarrt ok al de beiden Lütten in sien Auto. De hebbt dat je doch mitkregen hatt un kiekt na achtern, wo sik dat Kanink quält.

Do sett he dat Auto trüch, denn dat Kanink is opreten, en kann dat nich mehr drägen, liggt dor, bevert, un he fohrt dat Kanink över, un dat is nu doot.

De Kinner aver verfehrt sik för ehren Vadder, huult för dull un wüllt na ehr Mudder. Aver wat harr he denn doon schullt?

Absolut

För Herbert Voigt mutt jümmer allens ›absolut‹ ween. Is em wat wichtig, is em dat ›absolut‹ wichtig; dücht em wat unmööglich, is dat ›absolut‹ unmööglich. Ehrer wat nich ›absolut‹ is, is dat för Herbert gor nix. Ik mutt vun wat övertüügt ween, seggt he, un wenn ik vun wat övertüügt bün, denn bün ik dat absolut!

As he sien Anneliese heiraadt hett, schall he in de Kark, as de Paster em fraagt hett, wat he Anneliese Heuer heiraden will un dat he denn ›ja‹ seggen schall, do schall he seggt hebben: Absolut ja. Un de Paster, de schall grient un antert hebben, nu weern se Mann un Fruu, un dat weern se ›absolut‹ un schullen sik nu man den ›absoluten‹ Kuß geven. Wegen düssen Tick hett Herbert bi uns ok bloots Herbert der Absolute heten.

Man nu den enen Dag, wi seten to Kortenspelen, seggt Werner Braun to Herbert, as de maal wedder dat Absolute faat harr: Herbert, hool mit den doren Snack op! Mit dat Absolute maakst du Konkurs. Werner is unsen Philosophen in de Runn, opleevst harr he ok wull op Philosphie studeert hatt, aver sien Vadder hett meent hatt, he schull man Rechtsanwalt warrn, so as he. Denn hest du jümmer Grund ünner de Fööt, hett he seggt, dat Gesetz. So is Werner Afkaat worrn. Sien Spezialität sünd Insolvenzen un Konkurse. Un wo he nu mit Herbert dat Strieden över dat Absolute anfangt, un Herbert jümmer wedder seggt, ahn dat Absolute geiht de Welt togrunn, do vertellt Werner de Geschicht vun Walter Schnoor ut dat Naverdörp Olde, un wo se dor wegen dat Absolute in Konkurs gahn sünd.

Walter weer in Olde Vörsitter vun den Heimatvereen ween, harr dorför sorgt, dat ut de ool Schoolkaat en lütt Heimatmuseum worr un harr vör veel Johren ok den Gesangvereen gründt hatt. Wenn en dat op dien Oort seggen schull, Herbert, sä Werner, denn muß en seggen: Walter Schnoor weer absolut dorfverbunden, absolut heimattreu un dorum ok bi all Lüüd in't Dörp absolut hochgeacht.

Dat en Johr storv sien Fruu, veels to fröh. As Walter nu aver na Johr un Dag maal in Hamborg to doon hett, do lehrt he dor en Fruu kennen, de is ut Vietnam un as Flüchtling na hier kamen. Un wo he ehr süht, do maakt dat ›Klick‹ bi em, un he snackt ehr an. Na ja, dat hett wat duurt, se hebbt sik wull jümmer wedder drapen, amenn hebbt se heiraadt, un he hett ehr mit na Huus in sien Dörp brocht.

De Lüüd hebbt seggt, harr Walter nich en Fruu bi uns finnen kunnt? Denn dat he nich ahn Fruu leven wull, dat weer je verständlich, aver muß dat en Gele ween. Womööglich kriegt de beiden noch Kinner mitenanner. Dat kregen se denn ok. Eerst en Deern un wat later en Jung. Do leet Walter Oma un Opa ut Vietnam inflegen, un de Lüüd hebbt seggt: Schüllt de hier nu ok noch wahnen? Denn warrt ut de Eck, wo Walter sien Huus steiht, wull sowat as en Chinatown.

Dat hett natüürlich ok Walter to weten kregen. Do is he den enen Dag mit sien Fruu bi den Gesangvereen kamen un hett seggt, se worr nu ok mitsingen, Sopran. Un ehrer en noch wat seggen kunn, hett he ehr vörsingen laten: *Över de stillen Straten*. Un de annern hebbt de Ogen opreten un hebbt staunt, wölk hebbt ok klatscht. De mehrsten aver hebbt naher meent: Wat schall dat? Wenn ik dat öven do, kann ik ok en Leed op ›Tsching, Tschang, Tschung‹ singen. Walter sien Fruu bleev de frömde Fruu un bleev dat ok, as Walter ut de Schoolkaat dat Heimatmuseum maakt hett. Do hett sien Fruu maal meent hatt, wat se nich en Schaubild malen kunn, wo op to sehn weer, woans so'n ool School in Vietnam maal utsehn harr. Man Otto Meiners, de Bürgermeister, hett seggt, an un för sik worrn se dat Museum je för dat Dörp un de Lüüd hier maken un nich för utwärtige Frömde, de kemen sowieso nich na Olde. Do wull Walter den Vörsitz vun den Heimatvereen afgeven. De Paster hett em aver goot tosnackt un hett meent: Se weten doch, för veel Lüüd gellt jümmer noch de ool Snack: Gliekes Bloot, gliekes Goot, glieke Johr maakt de allerbesten Poor. Walter schull dor man överwegsehn.

Dat hett Walter denn ok doon, de Fruu aver is den enen Dag mit ehr Kinner na Vietnam flagen, se wull ehr wiesen, wo se to Huus ween is. Un is nich mehr trüchkamen. Walter is noch en paar Maal hin un herflagen, denn aver worr he krank, Lungenentzündung, hett dor nich op acht hatt un is storven.

Den Dag, as he beerdigt worr, weer de Kark proppenvull. Dat hele Dörp hett folgt. De Heimatvereen hett de Fahn vör dat Heimatmuseum op Halvmast sett, de Gesangvereen hett sungen, ›Ich hatt einen Kameraden‹, de Bürgermeister hett en feine Reed holen, dat Walter mit beide Been jümmer fast op Heimatgrund un Tradition stahn harr, un Rudolf Schütt vun' Heimatvereen hett an't Graff, as he de dree Schüffeln Eer in de Kuhl smeten hett, murmelt: Heimaterde zu Heimaterde. Dat hett Anklang funnen. Ut Vietnam is keeneen to sehn ween.

Na dat Gräffnis hebbt se all to Truurkaffee bi Rudi Hansen in'n Kroog seten. Man as Karsten Peters den Kröger fraagt: Wokeen betahlt dat allens, den Kaffee, den Koken, den Cognac? Ik meen, sien Familie hett sik doch nich sehn laten. Betahlt dat de Heimatvereen, de Gesangvereen, womööglich de Dörpskass? Oder mutt hier amenn jeder sülm betahlen? Do hett Rudi Hansen seggt: Dat is betahlt. Walter sien Fruu ut Vietnam harr Order geven, ehr Mann schull en würdiget Gräffnis hebben un harr rieklich överwiest. Do weern de Lüüd sik enig, dat weer nett vun de Fruu ween, aver harr sik dat nich doch schickt, se weer kamen un harr ehren Mann de letzt Ehr geven? Weer dat nich sotoseggen ehr Plicht ween?

Un nu, Herbert, sä Werner Braun, nu vertell du mi maal, wat is in düsse Geschicht vun Walter un dat Dörp Olde ›absolut‹?

Schock

Wat deit en nich allens, wenn en vun dat Smöken afkamen will.

Peter Meier hett dat mit Nikotinplasters versocht, Rudi Kröger mit Haribo-macht-Kinder-froh, un Willi Meislahn mit en isern Willen. Wo ein eiserner Wille ist, hett he seggt, dor findt sik keen Zigarett mehr. Willi sien isern Willen weer aver wull ut Blick, he hett de Zigaretten wedderfunnen. Peter sien Nikotinplasters slaagt ok nich recht an, un wat Rudi is, de warrt vun sien Haribo-macht-Kinder-froh jümmer dicker un dicker. Amenn starv ik noch vun't Dickwarrn, hett he stöhnt, denn kann ik man wedder smöken. Un hett na de Piep langt. Bloots Korl Möller, de is dor nu vun af, vun sien Zigarillos.

Wo hest du dat bloots schafft? hebbt de dree em fraagt.

Schocktherapie, hett Korl antert. Un vertell nu vun sien Urlaub in Dänemark, wo em dor den enen

Avend so dösig warrt, de Sweet löppt em man so daal.
He geiht na'n Dokter, un de schickt em foorts in't
Krankenhuus. Verdacht op Herzinfarkt.

In Nullkommanix liggt he op de Intensivstation,
hangt an Strippen un Infusionen, un op den Monitor
blangen em geiht en Kurv hooch un daal un maakt
piep, piep, piep.
  Wenn ut de Kurv en Streek warrt, denkt Korl, un ut
dat Piep, Piep, Piep en lang Piep, denn bün ik doot.
Dat kriggt he aver je nich mehr mit.

Den annern Morgen kummt en Swester an sien Bett
un stellt em en Fernseher op. Un as Korl fraagt, wat
dat schall, he föhlt sik al wedder goot un meent, he
kann opstahn, do schüttkoppt de Swester un seggt,
wer op de Intensivstation to leggen kummt, de blifft
länger. Un he schull nu maal wat Netters to sehn
kriegen as de Kurv mit ehr Piep, Piep, Piep. Do ver-
fehrt Korl sik un fangt dat Sinneren an, wat mach he
hebben?

Man denn an' Namiddag kummt en jungen dään-
schen Dokter an sien Bett un seggt op Düütsch: Also
du hast keine Herzinfarkt. Es war eine gewöhnliche
Kollaps. Hast du zuviel Arbeit?
  Gott Dank, hett Korl dacht un hett nückt.
  Was machst du in Dänemark? fraagt de Dokter em.
  Urlaub, hett Korl antert.

Dann kannst du nun aufstehn und deine Urlaub machen. Aber vorher soll ich dich noch was sagen.

Mein Himmel, hett Korl dacht, wat kummt nu? Un hett den Dokter banghaftig ankeken.

De hett sik fründlich na em daalböögt un Korl in't Ohr flustert: Du stinkst!

Korl weer meist dat Ohr affullen. Wat do ik? hett he sluckt.

Du stinkst, hett de Dokter nu al wat luder seggt, deine Haare, deine Kleider, alles. Rauchst du?

Zigarillos, hett Korl murmelt.

Das ssoll ich glauben, hett de Dokter seggt, man kann es riechen. Und deshalb ssoll ich dich jetzt eine Alternative sagen: Du kannst rauchen, wie du immer geraucht hast, aber dann ssollen wir uns noch besser kennenlernen. Aber du kannst auch nicht rauchen, und dann ssollst du mich nicht wiedersehen.

Oh, Herr Dokter, hett Korl verlichtert süüfzt, Se sünd mi vun Harten sympathisch, aver weddersehn will ik Se denn man lever doch nich.

Jä, hett de Dokter smustert, das ist smerzlich für mich, aber ssehr gut für dich.

Süh, so bün ik vun dat Smöken afkamen, hett Korl seggt. Schocktherapie.

Dat köönt wi di naföhlen, hebbt de dree annern nückt. So op de Snuut fallen un op de Intensivstation to leggen kamen, dat is ok je en Schock.

De Intensivstation doch nich! hett Korl do grient. De hett mi nich schockt. Nee, schockt hett mi, dat dor en kummt un seggt, ik stink! Stinken? Dat laat ik mi nich naseggen. Kickt op de annern ehr Piep un Zigaretten, fangt dat Snuppern an un fraagt: Kann dat angahn, hier stinkt dat? Aver as dat so geiht, ole Smökers hoolt sik an den olen Snack: Egen Scheet stinkt nich.

Dat ›Sein‹ un dat ›Nichts‹

Ik heff jümmer dacht, wat en tolett, dat is jüst so, as wenn en dat sülm deit. Un dorum heff ik mi mit mien Studenten ok streden, wenn mi bi ehr wat nich gefullen hett. Se schullen dat tominnst weten, wenn dat mennigmaal ok nix holpen hett. So as eerstan mit dat Rin- un Rutkötern merrn in de Vörlesung. Denn aver doch!

In de Uni fangt allens jümmer um Viddel na an. Cum tempore, as de Lateiner seggt. Dat is dat akademische Viddel. Denn aver geiht dat loos mit den Ünnericht.

De jungen Lüüd aver kunnen nich pünktlich ween, de hebbt de Anfangstieden as unverbindliche Empfehlungen ansehn. Se kemen, as se lustig weern, un dat hett mi argert.

Dat kunn al uns Mudder nich af, wenn se den Fluur un de Köök frisch feudelt harr, denn reep se: Rin oder ruut! Aver kötert warrt nich!

In de Uni weern se all jümmerloos an't Kötern.

Maal, ik weer al twintig Minuten in de Gangen mit mien Vörlesung, do geiht baven in' Höörsaal de Döör op, en junge Deern kummt rin, Pluderbüx, Fohrradklammern links un rechts an de Been, op de Nack en Rucksack, un ut den Rucksack kickt de Luftpump.

Nu kann en sik je still setten, aver nee, de Deern mutt eerst de Fohrradklammern vun ehr Büx afmaken. Un fangt dat Bücken an. Nu hett se je aver op de Nack den Rucksack. Un ut den Rucksack kickt de Luftpump. Un wo se an't Bücken is, mutt de Rucksack je mit un de Luftpump ok. Un wo se nu all dree, dat Frollein, de Rucksack un de Luftpump, op de 90° togaht un kaamt över de 90° ruut, do deit de Luftpump dat, wat de Physik ehr vörschrifft: Se rutscht ut den Rucksack, fallt op de Eer, rullt op de bövelste Kant vun de Trepp na ünnen to, fallt dor över ruut un klötert nu, klöter-diklöter, de ganze Trepp daal un mi vör de Fööt.

Dat weer musenstill, denn sodra dat Frollein dor baven dat Bücken anfungen harr, harr ik mit Snacken ophöört. All keken wi dat Spektakel to. Na, heff ik dacht, dat is je meist en beten dull, wat deit dat Frollein nu? De aver kummt de Trepp daal, seggt keen Piep un keen Pap, kickt mi nich an, kummt bloots op mi to.

Un wo se so op mi tokummt, do denk ik, ik heff dat hele Leven lang jümmer över twee philosophische

Grundbegriffe nachdacht, över ›das Sein‹ un ›das Nichts‹. Dat ›Sein‹, dat kann en sik je vörstellen, de Höörsaal, de Rucksack, de Luftpump, allens dat hÖört to dat Sein. Wat aver is dat ›Nichts‹? Woans schall en sik dat ›Nichts‹ vörstellen?

An den doren Vörmiddag, wo dat Frollein op mi tokummt, de Trepp daal, seggt nix, steiht vör mi, kickt mi nich an, bückt sik, nimmt de Luftpump, stickt ehr wedder in den Rucksack, dreiht sik um un geiht de Trepp hooch, do, in den doren Momang, heff ik dat begrepen: Ik weer dat ›Nichts‹!

Se lang baven an, un ik denk, nu warrt se sik je wull setten, denn nu langt dat bilüttens, aver nee, se hett je noch de tweet Klammer. Un fangt wedder dat Bükken an. As se bi 80° anlangt, heff ik liesen seggt: Rin oder ruut, aver Schluß mit Kötern un de Luftpump! Do is se ruut un is ok nich wedderkamen.

Na de Vörlesung hett en Deern to mi seggt, ik weer je hüüt so grandessig ween, woso dat denn?

Nehmen Se dat as Problem mit na Huus, heff ik antert, un versöken Se dat to lösen. Dat hett aver allens nix holpen.

Do heff ik den enen Dag seggt: Ik kann gegen dat Kötern nich gegenan arbeiden. Wi maakt nu en Verdrag, un de süht so ut: Nehmt wi maal an, een vun Jüm warrt krank un mutt opereert warrn. Un nu schuuvt se em in den OP. Do kummt de Chirurg in sien grönen Kittel op em to, kickt op de Klock seggt: Tscha, unsere Anästhesistin ist leider noch nicht da. Sie hat immer noch ein wenig von der universitären Gleitzeitmentalität an sich. Wir haben allerdings ein volles Programm! Wir fangen schon mal an!

Wenn Jüm dormit inverstahn sünd, heff ik seggt, denn köönt Jüm kamen un gahn, as Jüm wüllt.

Do hebbt se natüürlich all lacht, aver dat hett holpen. Ik kunn um Viddel na de Döör achter mi totrekken un mit de Arbeid anfangen.

Eeenmaal harr ik de Döör al in de Hand, do flutscht dor noch en Deern an mi vörbi, keek mi fründlich an un fröög liesen: Herr Bull, krieg ich noch Narkose?

Jawull, heff ik antert, pacta sunt servanda. Wat afmaakt is, is afmaakt!

Oss un Esel

Segebert hett mit Wiehnachten nix an' Hoot. Christ bün ik nich mehr, seggt Segebert, wünschen do ik mi nix, un Karpen mach ik ok nich. Woto schall ik mi um Wiehnachten quälen!

Un dorum maakt Segebert an' Hilligavend Deenst, sitt in de Pförtnerloge vun Möller & Söhne, kickt af un an op de Monitore, wat sik dor nüms um Möller & Söhne rumdrifft. Geiht all Stunnen sien Rundgang, kummt wedder in de Loge to sitten, leest, höört Radio un süht miteens op den Monitor, dor röhrt sik wat vör de Poort vun de Fabrik.

Wat is di dat denn? denkt Segebert un böögt sik vör, starrt op den Monitor. Dat sünd doch, denkt he un bekickt sik dat Bild, dat süht doch ut as, also wat sünd denn dat för wölk, de dor dörch de Poort kaamt?

Aver ehrer he noch weet, wat he doon schall, kaamt twee Gestalten övern Hoff, staht in sien Döör, un Segebert denkt, nu is he verrückt worrn oder droömt oder is doot un will in Amidaam fallen, denn dor staht twee Deerten vör em, Oss un Esel, un de Oss seggt: Köönt wi maal telefoneren?

Un Segebert denkt, wenn he nu al verrückt worrn is oder droömt, denn kann he ok seggen ›bitte‹ un schufft den Oss dat Telefon röver.

De nimmt den Hörer, wählt un seggt: Wi kaamt hüüt nich mehr an' Stall, eerstan hett dat in't Fernsehn so lang duurt, denn hebbt wi wat drunken, un opletzt hebbt wi uns ok noch verlopen. Wi töövt, bit dat hell warrt, kaamt morgen fröh.

Leggt op un fraagt Segebert, wat se wull för een Nacht bi em ünnerkrupen köönt?

Unmööglich, seggt Segebert, Fabrik, keen Togang för frömde Lüüd.

Aver de Esel meent, Lüüd weern se je ok nich. Kieken Se uns an, seggt de Esel un blitscht fründlich mit de Tähn.

Un wokeen sünd Jüm? fraagt Segebert. Un denkt wedder, he is verrückt oder doot oder dröömt, denn he süht doch, dat sünd Oss un Esel.

Un de Esel antert: Kleindarsteller. Wi sünd Kleindarsteller. Wi weern hüüt in't Fernsehen. Kinnerfernsehn. Krippenspeel. Maria un Joseph. De Krüff. Oss un Esel. Hebben Se uns sehn?

Segebert schüttkoppt: Ik seh sowat nich.

Dat is dat je, brummt de Oss, keeneeen kickt mehr to. Wi sünd ut de Mood. Kinner wüllt anner Deerten sehn.

Dinosaurier, süüfzt de Esel un lett de Lipp hangen.

Dat geiht an de Existenz, seggt de Oss.

Wat sünd ›Kleindarsteller‹? fraagt Segebert.

Lütte Rullen, keen Text. Stumm, antert de Esel.

Dat is je en eenfach Geschäft, seggt Segebert.

Vunwegen! seggt de Esel. Stahn Se dor maal so lang blangen de Krüff. Maal sünd mi de Ogen tofullen. Ik schall aver andächtig kieken, hett de Mann vun de Regie schimpt. Ik heff seggt, ik harr för en Momang unsern Herrgott sien Söhn vun binnen sehn. Dat hett em gefullen, siet de Tiet schall ik de Ogen af un an maal tomaken.

Ik bün mööd, seggt de Oss, köönt wi hier jichenswo slapen?

In' Stall, seggt Segebert un föhrt ehr na en olen Schuppen op dat Fabrikgelände.

Koolt hier, seggt de Esel.

Natt, murrt de Oss.

Nu man sinnig, seggt Segebert, in Bethlehem is dat ok nich kommodiger ween.

Wi sünd ok nich in Bethlehem ween, kickt de Oss em verdreetlich an.

Dat steiht aver in de Bibel, seggt Segebert.

Wat weet ik, seggt de Oss un leggt sik daal.

Un de Esel meent, se weern in't Fernsehn ween, aver nich in Bethlehem. Wo is dat överhaupt? Se kemen vun dat ZDF.

Wi bildt uns dor aver nix op in, sä de Oss, as wull he den Esel entschülligen, wat de sik so wichtig dünk wegen dat Fernsehn un dat ZDF. Wi sünd de Dekoration blangen de Krüff. Kleindarsteller.

Goot, hett Segebert seggt, denn slaapt nu, morgen fröh will ik jüm hier nich mehr sehn.

Un geiht.

Sitt wedder in de Pförtnerloge un denkt, is he nu verrückt, oder dröömt he, doot is he wull nich, dat kann he föhlen. Un fangt dat Gruveln an över Oss un Esel. Gruvelt de hele Nacht, wat hebbt de beiden blangen de Krüff to söken? As he den annern Morgen in den Stall kickt, do sünd Oss un Esel weg.

Segebert geiht na Huus, kriggt sik siet lange Johren de Bibel her, socht bi Lukas in de Wiehnachtsgeschicht Oss un Esel, de kaamt dor aver nich vör. Segebert verwunnert sik, nimmt dat Ole Testament to Hand un drippt ehr bi Jesaja, 1.2 – 9, un leest: De Herr hett en Woort spraken. ›Kinner heff ik groot maakt un to Ehren bröcht, aver se wullen nix vun mi weten un sünd mi untruu worrn. En Oss kennt sinen

Herrn un en Esel weet, wokeen em dat Foder in de Krüff leggen deit. Aver Israel föölt un spöört dat nich. Mien Volk will dat nich insehn‹.

Segebert aver sitt dor un denkt: Oss un Esel sünd ok nich mehr dat, wat se maal weern, kennt ehren Herrn un de Krüff nich mehr. Kleindarsteller. Denn sleit he de Bibel to, ok Segebert hett mit Wiehnachten nix an'n Hoot.

Verstand

Vör meist fiefhunnert Johr hett dat maal en Papst geven, de hett Julius de Drüdde heten. Vun em warrt vertellt, den enen Dag is dor maal en Mönch to em kamen un hett seggt, wo swoor dat so'n Papst doch harr, all de vele Arbeid un Sorgen, wenn he sien Welt regeren worr. Ah nee, hett de Mönch meent, so'n Papst, de worr em je duurn. Un do schall Julius de Drüdde antert hebben: Mönch, wenn Ihr wüßtet, mit wie wenig Aufwand von Verstand die Welt regiert wird, so würdet Ihr euch wundern.

Dat hett he vör fiefhunnert Johr seggt, man so as dat utsüht hett sik dor nich veel an ännert. De Welt steiht den Verstand in de Wegen. Un dat fangt fröh an in't Leven.

As ik lütt weer un harr dat veerte Schooljohr achter mi, do keem ik op dat Gymnasium. Fiete Hinz aver un Rudi Hansen, mit de ik bit dor op desülvige

Schoolbank seten harr, de kemen in de foffte Klass, bleven op uns ool School un heten Volksschöler.

Un wo ik nu den enen Dag vun dat Gymnasium na Huus gah, do dreep ik ehr, se blievt vör mi stahn, un ik weet foorts, se hebbt wat in' Sinn. Un Fiete seggt ok al: Wullt du an uns vörbi?

Ik nück.

Dat geiht aver nich, sä Rudi Hansen, op düsse Siet loopt bloots Volksschölers. Mien Vadder seggt, du büst nu wat Beters. Sextaner.

Ik kann ok mit jüm lopen, sä ik.

Wi loopt aver nich mit Lüüd, de sik wat Beters, dünkt sä Fiete.

Fiete, wat schall de Quatsch, sä ik, laat mi vörbi!

Do keek he mi an un sä: Wo ik loop, löppst du nich mehr!

Do bün ik op de anner Stratensiet röver un vun dor na Huus. Anners harrn wi uns hauen mußt. Aver dor harr je ok keen Verstand in seten.

Wat hett de ool Papst Julius seggt: Wo wenig Verstand nödig is, de Welt to regeren? Denn lett de Welt dat ok wull to. Aver wat schall se ok maken, denn in de Welt geiht dat so: Wokeen de Knööv hett, de hett dat Seggen, wat he nu Verstand hett oder nich. Leider.

II

Langsamer Walzer

Späte Liebe, sowat schall dat geven.

Kristine Kruse weer al över 65 Johr oolt, as se Ingwer Hansen kennenlehrt hett. De harr all de Johren in datsülvige Huus wahnt as se, un keeneen harr wat vun den annern wußt. Man as Kristine den enen Dag mit ehr Auto in de Garaasch gegen den Pieler fohrt weer, do harr Ingwer dor jüst sien egen Auto inparkt hatt un harr jümmerto ropen: Links! Links! Mein Himmel, Se fohren je direktemang op den Pieler to! Aver do harr dat ok al rummst, un Kristine harr in ehr Auto seten, harr huult un seggt, se harr soveel Wehdaag in ehr Hannen, se harr dat Stüür nich mehr holen un nich mehr dreihen kunnt. Do hett Ingwer dat Auto inparkt un fraagt, wat mit ehr Hannen weer. Se hett snuckert, Rheuma, se kunn nix mehr recht anfaten. Do hett he ehr de Inkoopstasch na baven in ehr Wahnung dragen.

Un so is dat denn kamen, se worrn bekannt mitenanner. He hett in de 7. Etaasch wahnt, se dree ünner em. Se hett em denn ok maal vertellt, dat se al so lang mit dat Rheuma anseet, un se worr je utsehn as en olen Kater, so dick in't Gesicht, dat keem vun dat Cortison, se much sik al gor nich mehr in' Spegel ankieken. Aver ahn dat Cortison weern de Wehdaag so dull, ehr lepen denn de Tranen man so daal.

Vun den Dag an hett Ingwer ehr to'n Inkopen fohrt, hett ehr Saken inpackt, utpackt, in't Schapp verstaut, allens, wat Kristine nich mehr kunn.

Denn aver den enen Avend, se seten beid bi Kristine op dat Sofa, do fraagt he ehr, wat se fröher so opleevst maakt harr, as se sik noch harr rögen kunnt. Danzen, hett Kristine antert. Aver dat weer je nu allens ut un vörbi.

Dat weet ik nich, hett Ingwer do meent un hett seggt, wenn se nu beid maal för en lütten Momang de Ogen tomaken worrn, denn worr dat womööglich angahn un se danzen en lütten Töörn op dat Sofa mitenanner.

Wat schall ik? hett Kristine em verwunnert ankeken.

Maal för en lütten Momang de Ogen tomaken, hett Ingwer seggt.

Se hett schüttkoppt, aver de Ogen tomaakt, un Ingwer hett liesen dat Fleiten anfungen, en langsamen Walzer. Nu danzt wi en lütte Runn, hett he noch seggt un vörsichtig ehr Hand nahmen. Un as he dormit dörch is, mit den Walzer, do seggt he, nu kunn se de Ogen wedder opmaken, un hett meent, se kunn je wunnerbor danzen, wat he gelegentlich maal wedder vörfragen un se to Danz föhren dörv?

Kristine hett nückt, man as se dat Snuckern anfangen wull, do hett Ingwer ropen, he bruukt nu en Beer, he harr je nich bloots danzen mußt, wenn't ok in't Sitten ween weer, he harr je ok noch de Kapell vörstellen mußt. Un denn hebbt se en Beer mitenanner drunken, un Ingwer hett noch seggt, he kunn mit'n besten Willen ut Kristine ehr Gesicht keen dikken Kater rutsehn. Do hett se em en Söten geven. Späte Liebe, sowat schall dat geven.

Morgen fröh ...

As Peter Paulsen op de süßtig togung, hett he dacht, dat weer je doch beter, wenn dor wedder en Fruu mit em in't Huus leven worr un he nich Nacht för Nacht bang ween muß, he kunn womööglich den annern Morgen nich faat kriegen un blifft in de Nacht doot. Dor hett he je al as lütte Jung en Grugen för hatt, denn sien Mudder harr jümmer an sien Bett sungen:

> Guten Abend, gute Nacht,
> mit Rosen bedacht,
> Mit Näglein besteckt,
> schlupf unter die Deck'.
> Morgen früh, wenn's Gott will,
> wirst du wieder geweckt.

Un wenn Gott dat nu nich will, hett he ehr angsthaftig fraagt hatt, aver sien Mudder harr meent, solang as se bi em is, solang will Gott dat. Do is he bi de Mudder bleven, un as de storv, hett he heiraadt. De

Fruu aver wull de Mudder nich ween un is em weglopen.

Nu aver, na lange Johren, hett he wedder en Fruu socht un hett ok en funnen. Se geiht ok op de süßtig to, un se dücht em de richtige. Wo se nu aver doch sien letzt Fruu ween un em maal toenn plegen schall, will he geern weten, wat se ok gesund is un ehr nix ünnersitt. Se schall na'n Dokter gahn, seggt he, un sik vun Kopp to Foot dörchkieken laten, un he will dat jüst so holen, dat weer je nix as Vörsorge. So verkloort he ehr dat. Un as de Dokter seggt, se is gesund, do gifft he ehr dat Jawoort.

So leevt se veel Johren tofreden.
  Se is froh, se hett en Mann, de kann ehr versorgen, denn vun ehr lütt Rente kann se keen Staat maken. Un he kann ruhig slapen, se is je dor un paßt em op.

Den enen Dag warrt he krank un kummt op den Dood to leggen. Un wo he dor so liggt un jappt na Luft, do dücht em sien Fruu egenordig ruhig, se lett sik keen Bangen un keen Sorgen anmarken. Un he denkt, wat schull se ok, ehr fallt sien Kraam je to, un se kann sik en fein Leven maken. Dat argert em, un he warrt gesund.

Man wo he nu al en poor Johr wedder gesund is un kann ruhig slapen, do warrt sien Fruu krank un kummt op den Dood to leggen. Do kriggt he dat Bibbern un Bangen, sitt Dag för Dag an ehr Bett, he will ehr doch noch bruken. Aver se blifft doot.

Do hett denn all dat Reken un Spekuleren nix holpen hatt un is bi dat Leed bleven: Morgen früh, wenn's Gott will ...

Ok du, mien Dorle, instiegen!

Dat gifft Geschichten, de kann en sik nich utdenken. So as de vun August Holler. Wenn he ehr nich sülm vertellt harr, harrn wi dat ok wull nich glöövt, dat mit de elektrische Isenbahn in sien Slaapstuuv un dat lerrige Bett vun sien Fruu Dorle. Man denn hett he uns de Isenbahn un dat Bett ok noch wiest. Nu meent de Navers, August is na den Dood vun sien Fruu narrsch worrn. Ik nehm aver an, August sien Geschicht is en anner Geschicht, narrsch is he nich.

42 Johr weern se verheiraadt, August un Dorle, aver se hebbt dat nich goot mitenanner hatt. Dorle hett August op den Schoot un de Seel huukt, se kunn nix mit sik anfangen, August weer ehr Leven. So hett se denn jümmerto um em rumsnüffelt un en muulsch Gesicht opsett, wenn he maal för sik alleen ween wull. Denn hett se snuckert, he weer doch dat Een un Allens för ehr. Un wenn he seggt hett, Dorle, Du knippst mi de Luft af, du hest doch ok dien egen

Leven, denn hett se en Week lang nich mit em snackt.

Do hett August sien Geschicht anfungen. Eerstan is he noch ut' Huus gahn, is to Kroog un dor mennigmaal versackt. Dorle hett denn jümmer en groot Spektakel maakt, do hett he dat laten. Nu wenn em de Luft in de Stuuv mit ehr to knapp worr, hett he seggt: Ik gah hooch un speel noch en lütt Stunn. Denn is he rop na'n Böön, dor stunn sien elektrische Isenbahn, un hett mit de speelt. Dat is je al vun lütt op an sien Vergnögen ween. Un wenn he nich spelen much, hett he dor baven in ole Kursböker smökert. So kunn he doch ok maal alleen verreisen, denn Dorle hett dat nich tolaten hatt, wenn he seggt hett, laat mi maal för'n Week fohren.

Un se hett dat ok nich tolaten, as he sik scheden laten wull. Amenn harr he dor ok dat Geld nich för. So hebbt se beid an dat verkehrt Leven fastholen.

Dorle is nienich rop na'n Böön. De Luft weer ehr dor baven in' Sommer to stickig un in' Winter to koolt. Keem August wedder daal, hett se den Rest vun' Dag nich mit em snackt. Dat hett em aver nich fehlt.

So gung dat Johr um Johr, denn storv Dorle. Un wo August dor nu alleen seet in sien lütt Huus, do denkt he, wat schall he noch rop na'n Böön, he kann sien Isenbahn nu man ünnen in de ool Kinnerstuuv opbuun. Deit dat, un wo he so an't Installeren is, stellt he sik vör, wo schöön dat doch weer, de Isenbahn geiht bit an sien Bett, un he kann ehr vun dor dirigeren. Do hangt he de Döör mank de Kinner- un Slaapstuuv ut un lett de Bahn bit an sien Bett fohren.

As he nu aver den enen Dag dor in sien Bett sitt un speelt mit de Isenbahn, do fallt sien Oog op dat lerrige Bett vun Dorle blangen em. Un he süht ehr dor wedder leggen, wo se op de Rüch liggt, an de Deek kickt un seggt, he schall dat Licht utmaken, se will nu slapen. Un wenn he ehr hett striekeln wullt, se weern je doch verheiraadt, denn hett se de Lippen toknepen un bloots noch zischelt, se wull nu ok maal för sik ween so as he op den Böön.

Un wo August dat allens vör sik süht, steiht he ok al op, fangt an un rüümt dat Bett vun Dorle af. Dat Koppküssen, de Todeek, treckt dat Laken af, bit bloots noch dat Gestell mit de Matratz steiht.

De neegsten dree Weken buut he in düt Gestell mit de Matratz en feine Landschop mit Bööm, Hüüs, Gleisen un en Bahnhoff, de liggt dor, wo tovör dat Koppküssen legen hett. Un na dat Bett hooch geiht in'n groten Bogen en Isenbahnbrüch.

Un as nu de Dag kummt, wo he mit allens trech is, un dat warrt Avend, do hoolt he sik en Buddel Rotwien ut den Keller, geiht in sien Slaapstuuv, bekickt sik de Landschop in Dorle ehr Bett, freut sik to de lütten Hüüs, de Bööm, de Gleisen un den Bahnhoff, treckt sik suutje ut, kriggt sik en frischen Pyjama ut dat Schapp, treckt em an, sleit sien Bett op, stiggt in de Puuch, nimmt dat Rotwienglass, schenkt sik in, langt na dat Schaltpult vun de Isenbahn, dreiht sik na dat Bett vun Dorle, nückt ehr to, as worr se dor blangen em liggen, un seggt fründlich: So, mien Dorle, wat wi in't Leven nich hinkregen hebbt, dat hoolt wi nu na: Proost! Denn drückt he den Schaltknoop för de Isenbahn. De kummt ut de Kinnerstuuv anrullen, fohrt in'n groten Bogen de Brüch na Dorle ehr Bett hooch, an Hüüs un Bööm vörbi, un höllt, wo maal dat Koppküssen legen hett un nu de Bahnhoff steiht. August schenkt sik dat tweet Glas Rotwien in, süüfzt, drinkt un röppt liesen: Einsteigen, bitte! Kickt op den Bahnstieg, as süht he Dorle dor stahn un röppt noch eenmaal: Einsteigen, bitte! Flustert denn: Un nu ok du, mien Dorle. Stieg in. Maak de Döör achter di to. Vorsicht bei der Abfahrt des Zuges.

Drückt op den Knoop, de Isenbahn fohrt langsaam an, rullt ut den Bahnhoff, vörbi an Hüüs un Bööm, ruut ut dat Bett vun Dorle, de lange Brüch daal, ruut ut de Slaapstuuv, um de Eck rum na de Kinnerstuuv, is nich mehr to sehn, höllt, un August röppt: Alles aussteigen. Endstation. Un süüfzt noch eenmaal: Stieg ut, mien Dorle. De Toch kummt nich mehr torüch.

Denn maakt he dat Licht ut un slöppt in.

Annas Graff

Wat steiht op Anna Hansen ehren Graffsteen: Ruhe in Frieden? Wenn dat man wat warrt. Denn schull Anna dor baven in' Heven sehn, wat Hannes mit ehr Graffsteed opstellt, denn worr se wull foorts wedder op de Eer kamen un em anfohren: Hannes, du maakst mi wild mit dien pusseliget Rumpütschern op mien Graff! Du weeßt, ik kann sowat nich af! Un denn worrn de beiden wedder dat ool Strieden anfangen: Um de Ordnung in Huus un Goorn. Um de sünd se sik dat Leven lang nich enig worrn. Wo mennigmaal hett he al an Morgen süüfzt: Kannst du de Kaffeetass nich so hinstellen, dat de Henkel na rechts un nich na links wiesen deit. Mutt ik de Tass jümmer eerst dreihen, ehrer ik ehr anfaten kann? Man se hett denn bloots antert: Stell di nich an, Bewegung deit di goot. Denn worr he stumm. Un wenn Anna in de Köök to koken stunn, denn zisch un sprütt dat bi ehr ut all Pütt un Pannen. Do hett he maal to ehr seggt: So'n Heerd kann ok ünner't Koken schier un adrett utsehn, dat mutt nich allens överhin lopen! Denn kook du, hett Anna bloots seggt, un is ut de Köök gahn. Dat hett he denn ok dohn, hett dor mit en Lappen an' Herd stahn, weer jümmerto an't Wischen un Saubermaken, un as de Kraam ferdig weer, do hett he to sien Fruu seggt: Süht dat nu nich manierlich ut? Mit so'n Herd kann ik mi in't Fernsehn sehn laten. Denn do dat man, hett Anna seggt, ik kook nich för't Fernsehn, ik kook to mien Vergnögen. Do is he wedder stumm worrn. So gung dat Johr um Johr.

Wenn dat Vörjohr keem, weer Anna in' Goorn to planten un seien, denn de Goorn weer ehr gröttst Vergnögen. Bi de Navers aver hett he ›Annas Wüste‹ heten, as Kruut un Röven, hebbt se schüttkoppt, allens dörchenanner. Un ok Hannes hett meent, en richtigen Goorn hett Beeten, un en Beet is rechteckig oder rund, dien Goorn aver hett keen rechteckig, keen rundet Beet, de hett gor nix. Dorum is he ok schöön, hett Anna antert, un wenn ik maal doot bün, denn wünsch ik mi so'n Goorn över mi.

Do worr Hannes wedder stumm. Se kemen nich op een Stück, de beiden. Un as se oolt worrn un Brillen bruken mussen, do hett he meent: Nu büst du kortsichtig un ik wietsichtig. Denn sühst du nu wull gor nix mehr un ik warr dat Chaos al vun wieden gewahr.

Wat en Leven! — Aver ok so'n Leven geiht maal toenn. Anna storv.

Wat maak ik nu, hett Hannes dacht, ik bün ehr je doch gewohnt worrn? Do fung he an un gung jeedeen Dag na'n Karkhoff, hett vör den Steen stahn un an ehr dacht. Un wo he dor so steiht un bekickt sik dat Graff un süht, dat warrt nu Tiet, he mutt de Dannentelgen afrümen, de Winter is vörbi, dat Vörjohr kummt, he will ehr dat je doch smuck maken, do geiht he los un kofft Planten. Un as he dor nu mit Schüffel, Hark un Waterkann an't Rumhanteren is, do denkt he, nu kann he dat je maal so maken, as he dat lieden mach un leggt dree schöne Beten an. Links, wo Anna liggt, maakt he en fein Rechteck, dat rahmt ehr in, un de Kanten vun dat Rechteck, dat sünd allens gele Tulpen. Un wo he eenmaal to leggen kamen schall, dor maakt he jüst so'n Rechteck, un rundum staht rode Tulpen. Un mank de beiden Rechtecken, dor sett he Rosen in' Krink. Dat is denn sotoseggen de Ring, de uns verbinnen deit, hett he to Willy Sievers seggt, as de dor maal överto kummt un meent, nu harr dat je direkt ok maal bi Anna sien anständigen Chic.

So löppt Hannes nu Dag för Dag na Annas Graff, gütt de Planten, ritt dat Unkruut ruut, is an't Harken un Geten, denkt an de Kaffeetass mit den Henkel na links un wo dat in de Köök zischt un sprütt hett un dat he mit de wietsichtigen Ogen al jümmer dat Chaos vun wieden hett sehn kunnt. Un de Lüüd seggt, Annas Graff, dat weer de Perle vun den helen Karkhoff, un Hannes freut sik, steiht vör Anna ehren Steen, leest: Ruhe in Frieden. Un denkt, den hett he nu.

Handy

Mien olen Naver Otto warrt nu doch bilüttens recht wat stökerig. He geiht op de achtzig to. Liekers leevt he jümmer noch alleen in sien Huus. He will in sien egen Bett starven, seggt he.

Eenmaal den Dag kiek ik bi em in, wat allens in de Reeg is. Tweemaal de Week kummt Alma Söhl, maakt dat Huus rein un wascht sien Kraam. An Middag bringt em en Fruu dat Eten op Rööd. De hett en gude Mors, seggt Otto. Aver dor is he je överhin, grient he.

Sien Kinner seggt, he schall in en Heim trecken, dor is he versorgt, un all hebbt se en Oog op em. He aver meent, dat langt em, wenn de Herrgott em in't Oog behöllt.

Jeedeen Morgen un Namiddag löppt he de Dörpsstraat op un daal, tippelt mit sien lütten Schreed bit na dat Kriegerdenkmaal, dor töövt al Hugo Meier op em. Hugo is jüst so oolt as Otto, hett Rheuma in de Hannen un röppt al jümmer, wenn Otto op em totippelt: Denk an mien Hannen, Otto, keen Handslag, englische Begrüßung, de Engländers geevt sik ok nich de Hand, Tonücken langt. Blangen Hugo liggt sien Köter Heinerich, de is oolt, matt un mööd, kann knapp mehr lopen un is froh, wenn de beiden Olen all Ogenblick stahn blievt, sik de niegen Hüüs in't Dörp bekiekt oder de Arbeiders toseht, wo de dor de Straat opriet, dat Dörp kriggt Kanalisation.

Denn brummt Hugo: Dat ik op mien olen Daag dor noch soveel Geld för berappen schall, kann mi argern.

Un Otto mummelt: Du seggst dat. Fröher hebbt wi billiger scheten.

So tüdelt se sik bit na'n Karkhoff hin, gaht dor de paar Regen op un daal, un wenn Hugo denn süüfzt: Hier kaamt wi ok maal to leggen, denn antert Otto: So is dat, Hugo, aver wi mööt uns je nich ielen.

Denn nöölt se sik trüch, jeedeen na sien Huus.

Nu aver hebbt Otto sien Kinner seggt, wenn he partout nich in't Heim trecken will, denn schall he tominnst jümmer en Handy bi sik drägen. Un leggt em so'n Ding op den Disch.

He hett ehr verbaast ankeken un seggt: Ik heff doch Telefon.

Aver nich överall un nich bi di, hett sien Jung seggt. Du hest dat je nich maal an't Bett stahn!

In't Bett will ik slapen un nich telefoneren! hett de Ool murrt.

Vadder, warr nich opsternaatsch! hett sien Dochder drauht. Du büst oolt, di kann jedertiet un överall wat mallören, op de Straat, in' Goorn, in de Stuuv, in de Baadwann! Denn mußt du Hölp ranropen könen.

Na, hett de Ool grient un hett sik dat Handy nahmen, wenn mi dat in de Baadwann drepen schull, denn kann ik mit so'n Ding je Alma Söhl ranropen. De hett mi al jümmer gefullen.

Vadder, tühn nich, wi sorgt uns um di, hett de Dochder seggt.

Ik tühn nich, hett Otto meent, wenn Alma Söhl nich Peter Schönwald nahmen harr, harr ik ehr nahmen. Na ja, nu wo Peter doot is, maakt se mi je de Wäsch un dat Huus, dat harr se ok glieks hebben kunnt.

Denn aver hett sien Söhn em dat Handy verkloort, hett de wichtigsten Nummern inprogrammeert.

Du bruukst nich mehr wählen un nix. Du drückst de ›1‹, denn bimmelt dat bi uns. De ›2‹ is de Dokter. De ›3‹ de Polizei.

Wat schall ik denn mit de Polizei? hett de Ool fraagt.

Wenn du anners keen faat kriggst, denn hest du jümmer noch de Polizei, de kann di wiederhölpen.

Aha! Un wat för'n Nummer hett Alma Söhl?

Vadder, wenn du uns ökeln wullt, hett sien Dochder em scharp ankeken, denn is dat nich nett vun di. Un nu öövst du dat. Du röppst eenmaal den Dag bi uns an. Wo du jüst büst, un wat du jüst deist. So weet wi jümmer, wat mit di is.

Aver de Ool worr gnatzig: Schall ik nu ok noch merrn in de Nacht anropen? Bisher schön geschlafen, von Alma Söhl geträumt? Ik will so'n Ding nich hebben.

Sien Kinner hebbt dor aver op bestahn, he muß dat Handy nu jümmer bi sik hebben.

Den annern Morgen tippelt he mit dat Handy in de Büxentasch na dat Kriegerdenkmaal, wo Hugo al mit sien Rheumahannen un Heinerich töövt.

Keen Handslag, Otto, röppt Hugo, ik heff soveel Wehdaag, ik mutt dor je wull doch maal mit na'n Dokter.

Den kann ik di rantelefoneren, seggt Otto, treckt dat Handy ut de Büx un wiest op den Knoop Nr. ›2‹. Ik mutt bloots drücken, Hugo, un de Dokter kummt. Allens programmeert.

Dunnerwedder, staunt Hugo, wo kummst du bi sowat un wat wullt du dormit?

Vun mien Kinner, Hugo, de mutt ik nu eenmaal den Dag anropen. Wo ik jüst bün, un wat ik jüst do. Ik mutt bloots de ›1‹ drücken, denn bimmelt dat bi ehr.

Wi köönt dat je maal versöken. Un Otto drückt de ›1‹.

Bün neeschierig, wat se tohuus sünd, anners bringt dat je nix. Mien Dochder!

Hannelore? Büst du dat? Hier is dien Vadder. Ich melde: Stah momentan mit Hugo Meier vör dat Kriegerdenkmaal. Hugo hett Rheuma in de Hannen. Sien Hund Heinerich is matt un mööd. Mi geiht dat goot. Wi loopt nu na'n Karkhoff. Ende!

Sühst du, Hugo, nu kann mi nix mehr passeren. Ik mutt bloots jümmer dat Ding bi mi hebben. Sülm wenn ik in de Baadwann liegg un mi schull blümerant warrn, kann ik Alma Söhl anropen. Een Knoop hett he allerdings vergeten, mien Söhn, den mutt he noch programmeren, den för de Dodenfruu. För den Fall, dat is sowiet, ik sack weg un kann em jüst noch drükken, denn mutt ik dor nich solang leggen un keeneen kümmert sik um mi. Aver schall ik di wat seggen, Hugo? Wenn de Stevel op is, is he op. Denn mutt'n keen Schoster mehr anropen. Ik bruuk dat Ding nich!

Stickt dat Handy in de Büxentasch un seggt: Laat uns lopen, Hugo.

De ool Mohr

De ool Mohr geiht mi nich ut den Kopp. Vör twee Johr is he bi uns in dat Seniorenstift introcken. 83 Johr oolt. Hett in de süßte Etaasch wahnt. Is de Treppen na'n Spiessaal in't Erdgeschoß aver to Foot daal un na dat Eten to Foot wedder hooch. En harr annehmen kunnt, Mohr weer rundum gesund, he hett aver man bloots noch en knapp Johr leevt.

Mohr weer en snaakschen Minsch. ›Afsünnerlich‹ hett de ool Kramer jümmer vun em seggt. Hett mit keeneen snackt, nix mitmaakt, hett op sien Stuuv huukt un an' Middagsdisch swegen. Oder sien dree Sätzen gnurrt. Wegen de is he ok för en korte Tiet so'n Oort Berühmtheit bi uns worrn.

Dat eerstmaal, wo wi ehr to hören kregen, dat weer an den Dag, as Swester Angelika mit em an unsen Middagsdisch keem.
 Mohr weer jüst frisch introcken, sä se, un worr nu

sien Platz bi uns hebben Denn hett se uns vörstellt, Fruu Meier, un Fruu Meier hett Mohr fründlich tonückt un ›angenehm‹ seggt; de ool Kramer hett Mohr de Hand geven un meent, mit unsen Disch harr he den besten Platz faat kregen, blangen de Kökendöör, denn weer dat Eten jümmer noch hitt; op dat anner Enn vun' Saal weer't mennigmaal al koolt, ehrer dat an' Disch keem, denn worr de ool Fruu Thormälen jümmer so luud schimpen ›Wieder nur lauwarm!‹, dat kunn en bit hier an' Disch hören. Ik heff op den frieen Stohl wiest un seggt: Willkommen in unserer Runde! Mohr hett sik sett un swegen, wat je doch ungewöhnlich is. Man as Swester Angelika nu mit de Supp an unsen Disch kummt un wünscht ›Goden Apptiet!‹, do seggt Mohr liesen: Heff ik nich! Fruu Meier hett em verfehrt ankeken un fraagt, wat he wat anners eten will, aver Mohr hett gnurrt: Will ik nich! Dat weer allens. Mehr hett he ünner't Eten nich seggt. Un ok wi hebbt swegen, so verbaast weern wi, wo wi anners doch jümmerto an't Rötern un Snötern sünd, so dat de ool Kramer mennigmaal mahnen mutt: Fruu Meier, vergeten Se dat Eten nich. Un Fruu Meier denn jümmer süüfzt, se weer je doch sowieso veels to dick, sodennig kunn ehr dat nich schaden. Kieken Se sik mien Punnen an, seggt se denn, is je en Schann! Ik mutt ehr denn trösten un seggen: Lever rund un gesund as slank un krank. Sünd wi mit dat Eten ferdig, wünscht wi uns en goden Dag un gaht op uns Stuven. Un wo wi nu to Mohr seggt: Also denn! Noch en schönen Dag! do antert Mohr bloots: Bruuk ik nich! Steiht op un stiggt de süß Treppen na sien Stuuv hooch.

So gung dat Dag för Dag. Seggt wi ›Goden Apptiet!‹ grummelt Mohr: Heff ik nich! Wünscht wi em en goden Dag, blafft he: Bruuk ik nich! Un wenn wi Mohr maal fraagt hebbt, wat he en Runn Korten mit uns spelen will oder en lütt Tour mitmaken, denn hett he antert: Will ik nich!

Düsse dree Sätz sünd in't Stift sowat as ›geflügelte Worte‹ worrn. Wenn de ool Kramer bi Fruu Meier ankloppt hett, wat se en Glas Wien mit em drinken will, denn hett se antert: Will ik nich! hett lacht un foorts ropen: Will ik doch! Maal weern wi so fidel, do hett Kramer vun de dree Sätz en Kanon maakt, wi hebbt in sien Stuuv seten un hebbt sungen, dreestimmig: Will ik nich! Heff ik nich! Bruuk ik nich!

To de Tiet weer Mohr en Sehenswürdigkeit, all wullen se den Gnattjebrummer vun de süßte Etaasch maal to Gesicht kriegen un sien dree Sätz brummeln hören. Denn hebbt se em wat fraagt, wo he mit sien ›Will ik nich! Heff ik nich! Bruuk ik nich!‹ op antern kunn. Un Mohr hett dat doon.

Man den enen Middag, as Mohr maal wedder sien ›Will ik nich!‹ gnurrt hett, do is Fruu Meier giftig worrn un hett fraagt, wat dat ok wat geev, wat he will. Ehr worr dat nu bilüttens langen mit sien dree Sätz. Do hett Mohr ehr ankeken un hett seggt: Starven. He wull starven.

Do hebbt wi dat Fragen instellt. Vun den Dag an seet Mohr bi uns an' Disch, as wenn he nich dor weer. Wi hebbt över em wegsehn, wat schullen wi ok anners maken, un hebbt as in fröher Tieden dat Snakken wedder anfungen.

Denn aver, den enen Dag, keem Mohr nich mehr to Disch. Do weer he in de Nacht storven. Is noch den Dag tovör de Treppen daal un wedder hooch, weer nich krank un nix, hett an' Morgen doot in sien Bett legen.

Över sowat warrt bi uns nich lang snackt. In dat Stift warrt je veel storven. Naturgemäß, as de ool Kramer seggt. Un Fruu Meier is sowieso de Menen, en schall dor keen Weeswark vun maken, vun den Dood, solang en leevt, is en nich dood, un wenn en dood is, leevt en nich mehr un weet vun nix mehr wat af. Un wat Mohr anlangt, sä se, de weer je al lebennig doot ween. Se harr sik vör em gruugt, so as he dor an den Disch seten harr. Deit mi leed, hett se seggt, mi is nu lichter!

Un so harrn wi Mohr wull ok bald vergeten hatt, wenn de ool Kramer den enen Middag nich fraagt harr: Woso hett Mohr starven wullt? Un woso hebbt wi em dat nich fraagt hatt? Denn harr Mohr womööglich maal wat mehr seggt as sien dree Sätz. Un wenn he nix seggt harr, denn harrn wi em bloots fragen mußt: Wüllen Se starven, Herr Mohr? Op so'n Fraag harr Mohr je an un för sik antern mußt: Will ik nich! Un allens weer in de Reeg ween. Mohr worr amenn hüüt noch de Treppen op un daal lopen. Aver wi harrn je dat Fragen instellt hatt. Do hett Fruu Meier den olen Kramer fründlich ankeken, hett den Wiesfinger hoven un draut: Nu mutt ik Se wull maal mahnen, dat Eten warrt koolt.

Mi geiht he nich ut den Kopp, de ool Mohr. De Heimleitung vun uns Stift hett in jeedeen Stuuv en lütten Spruch an de Wand hangt: Etwas fürchten und hoffen und sorgen muß der Mensch für den kommenden Morgen. Schiller. Mohr hett wull nix mehr hatt to fürchten, hoffen un sorgen.

De Mann un sien Kater

Dor is maal en Mann ween, de much sien Hart an keeneen Minsch mehr hangen; de harrn em all weh doon, hett he seggt.

Do koff he sik en Kater. Teihn Johr hett he mit em leevt, denn bleev de Kater doot. Un de Mann hett weent un weent. Sien Hart hett je doch an den Kater hungen.

Wat en Jammer! All de Tranen un de Leev harr de en un anner Minsch ok wull bruken kunnt.

Vun den Mann, de Fruu un den Dood

Dat is nu al lang her, do kummt de Dood bi en Mann un seggt, he mutt em nu mitnehmen, sien Tiet is aflopen. De Mann aver bedelt un huult, he will noch nich starven, wat de Dood em nich lopen laten kann. De Dood hett wull en goden Dag hatt oder sunst wat un seggt, he gifft em noch süß Johr. Un treckt af.

Do geiht de Mann na sien Fruu un vertellt ehr dat. De aver fangt dat Barmen an un röppt jümmerto, wat sünd süß Johr. Un wo se so jümmerloos an't Klagen is, do fangt ok de Mann dat Gruveln an un hett Dag för Dag den Dood vör Ogen.

Un de steiht den enen Dag wedder in de Stuuv. De Mann verfehrt sik un röppt, sien süß Johr sünd noch nich um, he hett noch dree na. De Dood will aver gor nich em holen, he mutt nu sien Fruu mitnehmen, seggt he, de ehr Tiet is aflopen.

Do bedelt de Mann wedder, wat he de Fruu nich ok wat optogeven kann, so as he dat bi em maakt hett. Aver de Dood seggt, dat will he nich, se harrn dor je ok nich veel mit anfangen kunnt, mit de Tiet, harrn klaagt, barmt un op ern töövt. Un hett de Fruu mitnahmen.

Övern Karkhoff in Skagen

As ik annerletzt över den olen Karkhoff vun Skagen leep, wo de berühmten Malers liegt, Kroyer, Locher, Michael Ancher mit sien Fruu Anna un Anna ehren Broder Degn, in den sien Hotel ik jümmer to Eten gah, do kemen se all wedder vördag, de olen Geschichten. Denn sitt ik dor na dat Eten in den Roden Salon vun dat Brøndum-Hotel, drink mien Kaffee, kiek op dat Bild vun Degn Brøndum, wat över den Kamin hangt, nück em to, as wull ik ›mange tak‹ seggen, dat he ut sien Vadder sien lütt Gasthuus laterhin so'n fein Hotel maakt hett.

Ik seh de lütt Weertschaft vun sien Vadder Erik vör mi, den däänschen Dichder H. C. Andersen, wo de dor den enen Dag bi Erik inkehrt un will en Butt eten. Un wo he dor nu al en ganz Tiet lang op sien Butt töövt un denkt, wat stellt Erik sien Fruu in de Köök mit den Butt op, un seggt to Erik, he schall doch maal nakieken. Un wo Erik in de Köök kummt, do süht he je, sien Fruu Ane-Hedwig hett de Wehen kregen, hett sik hinleggt un ünner't Buttbraden de lütt Anna to Welt brocht. Dat muß Andersen denn je insehn, Kinnerkriegen geiht vör Buttbraden, un hett wiß nich ahnt, dat ut dat lütt Worm dor in de Achterstuuv maal de Fruu vun Michael Ancher un en berühmte Malerin warrt.

Un Anna hett em fröh kennenlehrt, ehren Michael, se weer veerteihn, do hett he ehr dat eerstmaal sehn hatt un hett foorts wußt, se is de Richtige, op ehr will he töven un hett töövt, bit se groot weer un hett ehr denn heiraadt.

So sitt ik dor, nück den olen Brøndum över den Kamin to un warr den Düvel doon un em seggen, sien Spieskorten seht hüüt noch so ut as to sien Tieden, Week för Week datsülvige Eten. Dat hett do al de Lüüd verwunnert. Maal is dor en Mann ween, de hett to Degn seggt, he harr nu de Nees vull vun de Monotonie, jümmerloos Butt, Heilbutt, Makrele, wat Brøndum nich för Afwesseln sorgen kunn. Kann ik, hett Degn antert, hett den Mann de Hotelreken in de Hannen drückt un seggt, he schull nu man foorts afreisen, denn harr he je Afwesseln genoog. So warrt vertellt. Aver Degn Brøndum weer en groten Mann, he hett veel för de Kunst doon. Sodennig nück ik em mit Respekt to, wenn ik an sien Bild vörbi gah.

Stah vör sien Graff, loop de Wegen övern Karkhoff lang, studeer de Graffsteens. Un mi fallt op, op so mennigeen Steen steiht nich bloots de Naam vun den Doden, dor steiht ok, wat he in't Leven för'n Arbeid hatt hett. Denn kann en lesen, hier liggt de Koopmann Lars Larsen, de Smitt Ole Hansen, de Lehrer Niels Nielsen. En groten Steen heff ik sehn, dat weer de vun den Fischexporteur Gunnar Dethlefsen, un baven hett de Steenhauer den Kopp vun den Fischexporteur ut den Felsblock ruthaut, mit Jakettkragen, Hemd un Krawatt, un in de Krawatt de Nadel mit Brillant. He mutt wat vörstellt hebben in't Leven, düsse Fischexporteur. Blangen em liggt Hanns Jörgensen, un de hett man en lütten Steen, aver dat Hanns Jörgensen maal Dünenplanter ween is, Klitplanter, dat hett dor opstahn mußt, op sien lütten Steen. Un Björn Gaderup weer Hofjägermeister; de junge Mann twee Regen wieder, de knapp 26 worrn is, de is as Student storven. Un Student, dat hett wat gullen, dat schull nich vergeten warrn, un so steiht dat dor nu: Student Einar Jacobsen.

Se harrn nich bloots Naams, de Doden, se harrn ehr Arbeid, un de Arbeid, dat weern se sülm, de geev ehr Reputatschoon. Un wo ik so gah un lees, wat de Doden in ehr Leven maakt hebbt, do denk ik, woso höllt dat op, je neger wi uns Tieden kaamt? Woso staht dor nu bloots noch de Naams? Un denk mi, wenn de

Minsch mit dat, wo he op lehrt hett, wenn he mit dat nich mehr dörch dat Leven kummt, he mutt umstiegen op en anner Arbeid, warrt Maler, Taxifohrer, Huusmeister oder wat noch allens, geiht vun Job to Job, denn paßt dat ok nich mehr för'n Graffsteen. För Jobs is en Graffsteen nich dor.

So loop ik över den olen Karkhoff un stah opletzt vör en lütten Steen, de steiht merrn op'n Rasen, un ik lees: Anonymes Urnenfeld. Keen Blomen, keen nix, bloots de Rasen un de lütte Steen. Op de anner Siet aver vun den Rasen seh ik den groten Steen vun Laars Kruse, de weer Rettungsmann, so steiht dat dor, is op See bleven. Un wo ik dat lees, Rettungsmann, fallt mi in, düsse Lars Kruse, dat is de Mann, de op dat groot Bild vun Michael Ancher to sehn is, wo he dor in sien Ööltüüch op den Disch in de Fischerstuuv liggt, is doot, drunken. Un dat Bild heet: Der Ertrunkene. Un is en Denkmaal för Lars Kruse un all de annern Rettungslüüd. De Naam alleen op den Steen harr mi nix vertellt.

Un as ik al meist wedder den Utgang vun den Karkhoff faat heff, seh ik en Steen, de beiden Doden, de heff ik sülm noch kennt, Erik un Henry, Bröder, se hebbt en Lokal hatt, dat leeg dor, wo in Gl. Skagen de Sünn ünnergeiht, an't Enn vun de Straat na'n Strand. Ut ehr Finsters kunn en de Sünn in't Water sacken sehn.

Erik hett denn jümmer ropen: Nun beginnt die Nacht! Un Henry hett fix achterherropen: Ihr müßt aber noch nicht schlafen gehen! Wir haben bis ein Uhr geöffnet!

As Henry storv, hett sien Broder op den Steen setten laten: Hier ruht der Gastronom Henry Jespersen. As na veel Johren Erik em nafolgt is, do keem he blangen sien Broder to liggen, un sien Kinner hebbt schreven: Gastronom Erik Jespersen. Un wer se kennt hett, de weet, se weern allerbest Gastronomen. Ehr Lokal gifft dat nich mehr, as de Bagger keem un hett dat ool Huus afreten, dor schull en Appartementhuus hochtrocken warrn, un as bloots noch de een Huuswand stunn mit de swatte Tafel vörn, wo jümmer opstunn, wat dat to Middag geev, do hett dor en mit Kridd op de Tafel schreven: Unkel Erik-un-Henry-Platz. Tak! Aver denn full ok de Wand.

So sünd de Tieden, se gaht, se kaamt, geiht wat verloren, kummt wat to.

Solang en noch vun ehr vertellen kann, sünd se nich vergahn.

III

Hein Matzen, Hermann Öhlerich, Korl Denker un ik

> Büst du jung, is dat Leven lang;
> Warrst du oolt, weer 't man kort.

Nu warrt wi wull doch bilüttlens oolt, Hein Matzen, Korl Denker, Hermann Öhlerich un ik. Wo lang kennt wi uns al, woveel Johren hebbt wi jeden Dünnersdag bi Peter-Kröger unsen Stammdisch hatt un sitt dor jümmer noch, speelt Korten, snackt över Gott un de Welt. Un mennigmaal fallt uns de Naam vun Lüüd al nich mehr in, de wi doch kennt hebbt. Denn fangt en an: Kennst du em noch? Wo heet he doch? He mit den drulligen Snack? Bi August Stender weer he Verköper.

Bi August-Modewaren?

Genau.

Un wokeen vun de Verköpers schall dat ween?

De gung jümmer akkuraat mit de Mood. Maal droog he en gelen Hoot un rode Schöh.

Aha ja, denn weet ik, wokeen dat is! Dat is, na wo heet he noch? Ik seh em vör mi.

Denn gaht wi dat ABC in'n Kopp dörch un meent, de Naam mutt uns doch infallen, deit he aver nich.

Merrn in de Nacht hett Hermann mi anropen.

Du, sä he, de mit den gelen Hoot un de roden Schöh, dat weer Gustav Timpe! De Naam is mi jüst wedder kamen.

Timpe! Gustav Timpe! sä ik. Dat ik dor nich op kamen bün!

Un wat wullst du nu vun em vertellen? fröög Hermann.

De harr jümmer so'n Snack an' Lief: Lever ut de Welt as ut de Mood.

Do hett Hermann brummt: Un wegen sowat bringst du mi um den Slaap.

Hein hett den annern Dag to Hermann seggt: Hermann, schull di dat maal opfallen, ik segg jümmer bloots noch ›du‹ to di un nich mehr ›Hermann‹, denn heff ik dien Naam vergeten, denn hölp mi man; kannst dat je schonend maken, vertellst wat vun ›Hermann den Cherusker‹ oder ›Hermann und Dorothea‹. Bi ›Hermann‹ warrt mi dat wull wedder infallen, dat du ok ›Hermann‹ heetst.

*

Is keen Vergnögen, oolt to warrn, liekers Korl Denker meent, dat Öller is de Kroon vun't Leven, dor fohrt en de Oorn in. Wat de Oorn anlangt, dor mutt en nich eerst oolt um warrn, hett Hein seggt un gelegentlich is dat ok noch en Mißernte. Un vertell vun Telse Möller, de weer 45, do harr se ehr Oorn in de Schüün. Se harr dat Huus vun ehren Unkel arft, un ehr Süster Lore hett keen Penn to sehn kregen. Denn Telse harr je jümmer to Unkel seggt: Ah nee, wat is dat doch för en Schann, dat Lore sik nich eenmaal bi di sehn lett un sik kümmert! Un Unkel hett süüfzt: Is man goot, du büst dor.

Dat kunn Telse ok licht ween, sä Hein, se wahn blangen Unkel, Lore aver veer Stunnen wiet af. As Unkel in' Kopp dösig worr, hett Telse bi em an't Bett seten un hett barmt: Wat maakt wi bloots, wenn wi di nich mehr plegen köönt, du schallst dat doch goot hebben! Aver soveel Geld för en ›angemessenes‹ Heim hebbt wi doch nich! Do is Unkel bang worrn, he wull nich jichenswo op'n Fluur to leggen kamen, un hett Telse sien Huus överdragen, ›zu Lebszeiten‹, dat se man jo Geld harr, wenn dat nödig warrn schull.

Un as Unkel doot weer, hett dat Huus nich mehr to dat Arfgoot tohöört, un Lore seet op'n Proppen.
 Se hett to Telse seggt: Kannst du dormit leven!
 Aver Telse hett knapp antert: Dat weer Unkel sien letzten Willen, un so'n letzten Willen, den schall en ehren!
 Na, denn man to, hett Lore seggt, denn will ik nu

man na de Zeitung un de Truuranzeig för Unkel opgeven, du hest je noog um de Hannen.

Do dat, hett Telse seggt.

Man as se den annern Dag dat Blatt opsleit un will lesen, wat Lore opsett hett, do fallt ehr dat meist ut de Hannen, un se schriggt: Lothar, schriggt se, Lothar, hest du dat leest?

Un as ehr Mann kummt un leest dat, do brüllt he: Dien Süster kummt mi nich mehr in't Huus! Denn wat harr de schreven? »*Unser geliebter Onkel Albert Nummsen ist sanft entschlafen. In tiefer Trauer Lore.*«

Bi Telse aver hett se schreven: »*In tiefer Dankbarkeit Telse.*«

Süh, lach Hein, to de Tiet weer Telse 45 un hett en feine Oorn infohrt, wenn se ok ehr Süster ansehen hett. Aver Lore hett laterhin maal seggt: Ik mutt mi nich för den Rest vun't Leven mit ehr vertöörnen, se hett mi op den Proppen sett, ik heff ehr dat schriftlich geven, dat weer ok nich nett, aver so is de Minsch, woso schullen wi anners ween.

※

So sitt wi as jümmer, speelt Korten, snackt, un liekers is dor wat anners worrn ünner de Johren. Gelegentlich denk ik, sünd wi dat noch, de dor sitt, wi, de wi maal weern? Hein? Korl? Hermann? Ik sülm? Sünd wi würklich bloots öller worrn? Oder is dor noch wat anners mit uns vörgahn?

Korl is recht wat stiller worrn, he sitt, hööört to un seggt dor nich mehr veel to.

Hermann hett dat Trüchkieken anfungen. Siet dat he in Rente is, vertellt he veel vun fröher Tieden.

Un Hein quält sik mit sien linke Hüft. He is to dick. Sien Dokter hett seggt, en Hüft, de is to'n Lopen dor un nich to'n Stemmen. Hein schull sik man dörtig Pund vun' Lief hungern. Anners mutt ik di de Punnen wegfitschern, hett de Dokter seggt, woans schall ik sunst an dien Knaken kamen un di en frisch Hüft inbuun. Aver Hein hett gnurrt: Lever humpeln as hungern.

He mach je to geern eten. Sitt he aver eerst un itt, denn fritt he ok glieks. Dor hett sien Mudder Schuld an, hett he uns maal verkloort, de harr, as he op de Welt kamen weer, nich genoog Melk hatt. Dag un Nacht harr he för Hunger schregen un weer al meist na teihn Daag wedder vun de Welt gahn, wenn sien Opa nich ween weer. De harr em sik bekeken un harr ropen: De Jung hett nix op de Rippen, de schriggt sik doot!

Do harrn se em in't Krankenhuus brocht, un as he wedder rutkamen weer, do harr sien Mudder em de Buddel geven. Un dat nu jümmerloos, se hett je wat gootmaken wullt un hett sik höögt, as ehren lütten Heini vun Week to Week dicker worr.

Tscha, hett Hein süüfzt, Freters warrt nich boorn, de warrt maakt.

*

Korl Denker hett annerletzt meent, he fallt nu ut de Tiet, do keem he mit de Zeitung un wies op'n Anzeig vun de Post. De Post weer, so stunn dat dor, en ›Bringmaschine‹. Na ja, hett Hermann meent, dat is se je ok, se bringt dien Post.

Do hett Korl vun Emil Peters vertellt, de weer Breefdräger ween. Ik weer do 17 Johr oolt, sä Korl, un weet noch as hüüt, as Emil bi uns mit den Breev keem, dat mien groten Broder fullen weer. Emil stunn in de Döör, mien Mudder hett foorts wußt, wat dat för'n Breef weer, den he in de Hand heel. Emil, hett se liesen seggt un hett op den Breef starrt.

Un Emil hett seggt: Ik bring di rin. Un hett ehr na de Köök föhrt, wo se sik sett hett. Emil hett den Breef op den Kökendisch leggt, aver Mudder wull em nich opmaken. Do hett Emil seggt: Dat hölpt je nix. Un hett ehr den Breef hinschoven. Do hett se dat leest: Gefallen für Führer, Volk und Vaterland. Un hett huult. Un Emil hett flustert: Dat sünd allens Verbrekers. Denn is he na Gerda Schlichting in't Naverhuus gahn un hett seggt, se schull na mien Mudder kieken, de ehren Jung weer fullen, he harr ehr jüst den Breef bringen mußt.

Denn is he wieder vun Huus to Huus un hett Breven utdragen un is nienich en ›Bringmaschine‹ ween.

*

Hermann Öhlerich sitt, siet dat he in Rente is, vör sien Computer un schrifft en Book: Mein Leben. Erzählt für meine Kinder und Kindeskinder.

Dunnerwedder, hett Hein seggt, ›Kindeskinder‹, wat sünd dat denn? Sünd dat nich ok bloots Enkels? Woto schriffst du dat nu allens op? Na ja, hett Hermann meent, vunwegen de Oorn, so as Korl dat seggt hett. Ik gah dat Leven noch maal dörch un bring dat to Papier.

Aver he lüggt al op de drüdd Siet. Wat vertellt he dor vun sien Vadder Ludwig? »Ich war 12 Jahre alt, da verstarb mein Vater, euer Opa un Uropa durch einen tragischen Unfall. Meine Mutter hat nie wieder geheiratet, sie ist ihrem Mann über den Tod hinaus eine treue Frau geblieben.«

Wi hebbt uns ankeken. Tragisch? Ludwig weer en groten Suupjökel, keem nich vun de Buddel loos un is de en Nacht sprüttenvull in de Grööv fullen un dor versapen. Merrn in' Winter. As sien Fruu bi Hannemann Pien anropen hett, wat ehr Mann dor noch in Kroog to supen seet, de Klock gung op halvi een to, he muß doch den annern Morgen wedder to Arbeid, do hett Hannemann antert: Ja, de sitt hier noch, ik schick em nu aver na Huus!

Ludwig hett dor aver al gor nich mehr seten hatt, he weer al siet övern Stunn weg. Ik kiek gau noch maal bi Erika Voß in, hett he to Hannemann seggt hatt; Erika weer dor je bekannt vör, dat se gegen en lütten Schien ehr Döör opmaakt hett.

Hannemann hett naher en slecht Geweten hatt. Ik heff Ludwig nich rinrieten wullt, hett he jümmer seggt, aver ik harr mi dat je ok sülm utreken kunnt, Ludwig övern Stunn weg un noch nich an't Huus? So lang is he doch nich mit Erika togangen. Wo is he also afbleven? Aver de Polizei hett Hannemann trööst, Ludwig weer gor nich mehr bit na Erika hinkamen, he weer al glieks achtern Kroog in de Grööv fullen. Un Hannemann hett verlichtert süüfzt: Man goot, ik mutt mi nix vörsmieten, wenn dat insgesamt je doch en Tragödie is, dor geiht Ludwig besapen ut de Döör un versuppt buten een för allemaal.

Ludwig sien Fruu hett sik Arbeid socht, hett de Kinner groot maakt un weer froh, dat ehr nüms mehr dat Geld ut dat Portemonnaie klaut hett un se keen Bang mehr vör Prügels hebben muß, wenn se Ludwig nich to Willen sien wull. Se hett ok nie wat gegen Erika seggt, se weer je Gott dankbor, wenn Ludwig matt un mööd vun Erika na Huus kamen, in't Bett fullen un foorts wegsackt is.

Vun allens dat steiht in Hermann sien Book ›Mein Leven‹ nix. Dat Stück Leven mach he wull nich lieden oder will sien Kinner un ›Kindeskinder‹ so'n Opa un Uropa nich andoon.

Na ja, hett Hein seggt, dat sünd je ok man bloots Memoiren, en kann sik nich op allens besinnen. Un denn is dat ok je so: Je öller en warrt, umso schöner warrt dat vergangen Leven.

*

Wi leest nu al lang de Zeitung vun achtern. Wo de Doden staht. Eerst mutt ik weten, wokeen storven is, seggt Hein. Kenn ik ehr nich, gah ik na de eerst Siet trüch. Hermann kickt bloots na dat Geburdsdatum vun de Doden, sünd de jünger as he, süüfzt he: Gott Dank, dat kann mi nich mehr passeren. Hein seggt, wat dat Öller anlangt, will he unsen Herrgott keen Grenzen setten. Woso schall ik nich 90 warrn? seggt he. Amenn sünd wi all doot, hett Korl do meent, un du huukst hier alleen. Aver Hein hett lacht: Minschen waßt na, en mutt sik bloots mit ehr bekannt maken. Tscha, wenn wi Hein nich harrn.

*

Ahn Hein weern wi wull ok nich to Hochtied vun Carla un Eckart Bünz gahn. Carla is je Hugo Meiborg sien Dochder, un Hugo is Hein sien Naver.

Korl hett eerstan bloots mit to Kark gahn wullt, aver Hein hett schimpt: Eten un Drinken gifft dat eerst an' Avend, in't Bahnhoffshotel. Dat is doch de Hauptsaak. De Kark, de köönt wi as Zugabe mitmaken.

Hermann hett naher seggt, dat weer em dörch un dörch gahn, as de Paster seggt harr: »Bis daß der Tod euch scheidet.« Hermann sien Fruu is je leider veels to fröh storven. Aver bit an den Dood töövt se hüüt je al gor nich mehr.

För de Karkendöör hebbt se Spaleer stahn, links vun de Döör de Rieders mit ehr Peer vun Carla ehren Riederveneen, rechts de Friewillige Füürwehr, wo Eckart tohöört.

Emil Scholz hett den Saal vun't Bahnhoffshotel dekoreert. Carla harr sik en ›Blütenmeer‹ wünscht, aver ehr Vadder hett to Emil seggt: Süß Johr hebbt de jungen Lüüd sik mit dat Heiraden Tiet laten, hebbt ünner een Dack un Deek huust, na süß Johr mutt dat keen ›Blütenmeer‹ mehr geven. Stell man in jeedeen Eck en Lebensboom. Grün ist die Farbe der Hoffnung.

Emil hett naher överall tuschelt, dat mit den Lebensboom, wenn dat man nich heten schull, Carla weer in de Hoffnung. Un so weer dat ok. Denn as Hugo sien Reed as Bruutvadder holen hett, do hett he seggt, nu, wo he vun Amts wegen Eckart sien Swiegervadder worrn weer, schull Eckart nu ok man dat Hugo-Seggen nalaten un em Vadder nömen. Oder, hett Hugo smustert un en Paus maakt, oder: Opa!

Do hebbt wi all klatscht. Heinke Husmann hett indigneert meent: Also dorum sitt wi hier! Un hett ehren Mann ankeken: Ede, bi uns weer dat Liebe un keen Göör ünnerwegens. Ede hett nückt un murmelt: Du wullst mi ahn Ring ok je nich ranlaten. Wat bleev mi anners na.

Carla ehr Mudder hett naher vertellt, se harr ehr Dochder instännig beedt hatt, dat Kind doch en richtigen Vadder to günnen un nich bloots den Fründ vun de Mudder. Eerstan harrn de jungen Lüüd dat nich insehn wullt, amenn harr Eckart denn aver doch meent hatt, wenn he al Vadder warrn schall, denn kann he ok Ehemann warrn, dat Rechtliche, dat weer denn doch ok eenfacher. Anners aver weer ehr dat nich so wichtig.

Wi hebbt fein eten un drunken. Buffett. An dat en Enn vun't Buffett legen Frikadellen. Heinke Husmann hett meent, Frikadellen schickt sik nich för'n Hochtied. Aver Hein hett seggt: Ok Frikadellen laat sik eten.

Bilüttens worr de Festversammeln fidel. De Kröger harr to sien Lüüd seggt, he will keen lerrige Glöös op de Dischen sehn. So susen de Kellners de Dischregen rop un daal un weern jümmerto an't Inschenken. Dorum hett Peter Timm denn ok dat Ständchen för Hugo sungen:

> Mir scheint, mir scheint, mir scheint,
> Vater Hugo hat heut geweint,
> er hat geweint.
> Wo hat er sein Wehwehchen?
> Wo sitzt sein Schmerz?
> Sitzt er am Portemonnaiechen?
> Oder sitzt er am Herz?
> Mir scheint, mir scheint, mir scheint,
> Vater Hugo hat heut geweint.

Un Hugo hett ropen: Kröger, schenk na! Dat harr de aver al doon.

Nadem hett Gerda Schuldt, wat de best Fründin vun Carla ehr Mudder is, noch en Solo sungen, se is Musiklehrerin:

> Tage kommen, Jahre fließen,
> Treue hält dies schöne Band.
> Wollt ihr Glück in Ruh genießen,
> so lebet Hand in Hand.
> Laßt uns nun die Gläser heben,
> bringt dem lieben, jungen Paar

zu der Fahrt ins Eheleben
ein begeistert Hoch jetzt dar.

För so'n Leed weer de Stimmung aver al nich mehr recht dor. Wi hebbt ›Hoch‹ ropen, denn wull de Saal bloots noch vergnöögt ween. Un as nu en vun Carla ehr Peerfrünnen opstunn un sä, Carla harr en gewaltigen Peerverstand, se kunn denken as en Peerd, föhlen as en Peerd, se kunn sogoor wiehern as en Peerd, do hett de hele Riedervereen in' Chor ropen: Carla, wiehern! Un Carla hett wiehert.

Hein hett Hermann fraagt, wat he sik noch besinnen kann, dat de Saal, wo wi nu fiert, in uns Kinnertiet maal de Dörchfohrt vun dat Bahnhoffshotel ween weer mit Ställ för Ossen, Köh un Swien. Un he weer sik meisto seker, dat wi merrn in de Hingstenstation sitten worrn, de harr doch to dat Bahnhoffshotel tohöört.

Un vertell nu, wo se as lütte Jungs dat doch to geern maal harrn sehn wullt, wo de Hingst op de Stuut stiggt, de Knechens harrn ehr aver je jümmer mit de Pietsch verjaagt hatt. Eenmaal allerdings harrn de groten Jungs ehr mit op den Böön över de Hingstenstation nahmen, un dor harrn se dörch en Ritz in' Footboorn sehn kunnt, wo de Hingst op de Stuut togeiht, un wo he dor achter ehr steiht, do treckt he miteens de bövelste Lipp hooch, blitscht mit de Tähn un harr snuuvt, dat harr sik as en Gewittergrullen anhöört. Un weer denn mit een Satz op de Stuut rop, un de Knecht harr na'n Momang seggt: He deckt. Dat weer en mächtigen Anblick ween. De groten Jungs harrn naher seggt, so worrn ok de Kinner bi de Minschen maakt. Do harr de lütte Hutje Sanneck sik verfehrt, harr sik an de Lipp grepen un ropen: Wenn ik de Lipp hoochtreck un blitsch mit de Tähn, denn gifft dat al Kinner? Jungedi, denn mutt en sik je wohren!

Na dat Eten hett Elmo Harder sien Discoanlaag ansmeten, de jungen Lüüd wullen danzen. Dat weer uns to luud, do sünd wi na vörn in de Gaststuuv. Dor seet al Otto Boie mit Peter Timm an' Thresen. Peter wull foorts en Runn smieten. Man wenn dat an't Betahlen geiht, grippt he in all sien Taschen, kickt di an un seggt: Nu heff ik doch tatsächlich mien Breeftasch in dat anner Jakett steken laten. Dorum hett Hermann ok fraagt: Hest du ok dat richtige Jakett mit? Peter hett mucksch meent, för so'n Lüüd mach he al gor keen mehr utgeven. Na, hett Hermann seggt, denn löppt dat je op datsülvige op ruut. Un hett en Runn spendeert.

Otto is noch maal op den Saal gahn un en halv Stunn later mit Erna Weber an' Thresen kamen, de is Wittfruu un töövt al länger, dat en wedder bi ehr anbitt. Aver Otto is all sien Daag Junggesell ween un hett to

Erna seggt: Erna, wenn ik di nu inlaadt un dat schull ween, ik bring di naher na Huus un du fraagst, wat ik noch en Tass Kaffee bi di drinken will, un dat schull kamen, as dat denn kummt, denn verstah dat nich verkehrt, Erna, dat is allens man bloots situativ. Erna weer ok dormit tofreden.

Dat Bruutpoor is bit to'n letzten Momang bleven, hett danzt un fiert, as weer dat nich ehr egen Hochtiet, wo en doch an un för sik na en gewisse Tiet afhaut. Aver se kennt sik ok je al süß Johr. De Brüdigam hett an't Enn fix en sitten hatt. As he to uns an' Thresen keem, hett he jümmer bloots noch brabbelt: Das Paradies der Erde liegt auf dem Rücken der Pferde. Hein hett meent, för'n Hochtietsnacht weer't beter, dat Peerd worr op de Rüch leggen. Do hett de Brüdigam ropen: Wo ist mein Pferd? Wo ist mein Pferd? Un is wedder op den Saal.

Korl Denker is miteens opstahn un hett seggt, he will nu na Huus un inskünftig ok nich mehr op so'n Festen gahn. Wat geiht mi dat allens noch an, hett he seggt. Op dat Ohr höör ik nich, hett Hein antert, wi hebbt to eten un to drinken hatt, dat schall en nich gering achten. Ik tominnst gah satt na Huus. Denn sünd wi gahn.

*

Hermann sitt wedder över sien Levensbock. He hett dat Kapitel ›Meine Schulzeit‹ faat. Aver bi em löppt dat allens op Döntjes op ruut. Mien Kinner schüllt dor ehr Vergnögen an hebben, seggt he. Man dor is soveel Vergnögen nich ween, so as ik mi besinnen kann.

Ik weet noch, eerstet Schooljohr: Tafel, Griffel, Swamm, Sütterlin un de ool Rohr. De kunn wild warrn, wenn he en schittige Tafel un en drögen Swamm sehg. Wat hebbt wi spegen, wenn he rumgung, kuntrolleer, un uns Tafel weer nich sauber. Maal hett Kalle Schröder spegen un spegen, kreeg den Schiet nich schier, un as Rohr dörch de Banken al langsaam op em tokeem, do hett he Fiete Hinz toflustert: Spieg du för mi, ik bün utdröögt. Fiete aver weer en nerigen un hett eerst weten wullt: Wat krieg ik dorför? En Bontjer, hett Kalle fix antert un op Rohr starrt, de stunn je al twee Regen achter em. Do hett Fiete spegen, dat harr för dree Tafeln langt.

Wenn Rohr vör uns stunn, Tafel un Schrift bekeek, den Kopp schüttel un knapp sä: Finger! denn muß en de Hand na em utstrecken, he kreeg sien Lineal her, sloog dreemaal op de Fingerspitzen un sä dorto in Takt: Null! Nichtig! Auswischen! Maal hett he sik Hanno Asmussen sien Tafel ansehn hatt, hett aver den Dag wull keen Lust hatt, veel Wöör to maken, hett bloots liesen brummt: Finger! un Hanno dree Takte verpaßt. Du weißt wofür? hett he noch seggt.

Hanno weer so heel un deel verbiestert un hett snukkert: Wofür Sie wollen, Herr Rohr. Do hett Rohr fründlich smustert: So is dat recht, mien Jung. Un hett Hanno mit de Hand övern Kopp fohren wullt, man Hanno hett dacht, nu kriggt he ok noch dree in't Genick, un hett sik wegduukt. Do hett Rohr em ünner't Kinn faat, hett den Kopp hochdrückt un seggt: Ein richtiger Junge duckt sich doch nicht!

Jeedeen Morgen, ehrer de School losgung, mussen wi op den Schoolhoff antreden, Klass för Klass, twee in een Reeg, un mussen töven, bit Rohr dat Teken geev. Denn marscheren wi an em vörbi un mussen em in't Gesicht sehn. ›Geschlossene Gruppe! Geschlossener Tritt! Gesicht zu mir!‹ So wull he dat hebben. Rohr weer för den Kieg to oolt, do hett he de School to'n Kasern maakt. Wi aver hebbt dat nich markt hatt. Un jüst dat schrifft Hermann nich. Ik bliev authentisch, seggt he, wat ik domaals nich wußt heff, dat kann ik ok hüüt nich vertellen.

Do hett Korl meent: Denn is dat ok man goot, dien Book warrt nich druckt un en kann dat nich kopen.

Wat wullt du dormit seggen? hett Hermann giftig fraagt.

Dien Kinner schüllt doch ehr Vergnögen hebben, hett Korl antert, denn will ik di ok en Geschicht vertellen.

Besinnst du di noch op Rolfi-Gasmaskenschieter? Wi mussen doch in' Krieg vun Tiet to Tiet alle Mann in dat lütt Huus an't Enn vun den Sportplatz. Binnen schullen wi öven, woans en mit de Gasmak umgeiht, dat se richtig sitt, nix dörchlett. Un weeßt du noch den Dag, wo Ernst Pingel ünner de Gasmask miteens dat Ropen anfangt un fuchelt mit de Arms, sien Gasmask weer nich dicht, he worr sticken. Wat aver nich angahn kunn, dat Öven harr noch gor nich anfungen, dor weer noch gor keen Gas. Liekers mussen wi all de Gasmasken afnehmen, schullen ruhig warrn, snuppern un rüken, dat de Luft in de Kamer rein weer.

Man as wi dor nu dat Snüffeln anfangt, do rüükt dat warraftig. Man nich na Gas, de Gestank keem vun Rolfi her, de harr vör all de Gasmaskengesichter Bang kregen un in de Büx scheten.

Sühst du, hett Ernst Pingel do jümmerto ropen, mien Mask is nich dicht, weer't Gas ween, weer ik nu al doot! Wat hebbt wi lacht! Un hebbt nix wußt vun Gas un Lüüd, de gor nich eerst Gasmasken kregen un ok vör Angst scheten hebbt. Aver dor wullt du je nix vun vertellen, du schriffst je authentisch. Hermann, wokeen sien Kinner bloots de halven Geschichten vertellt, de höllt beter de Snuut!

*

So sitt wi dor, speelt Korten un vertellt uns wat. Korl is nu Gott Dank ok wedder ut' Krankenhuus un to

Huus. He is den enen Morgen opstahn, hett den Disch deckt un to sien Fruu seggt, de leeg noch in't Bett, se schull nu man kamen, he harr den Disch deckt, un wenn se noch de Tagesschau sehn wullen, de keken se je jümmer ünner't Avendeten, denn worr dat Tiet. Trudel hett schimpt, Korl maak keen Witzen, dat is Klock söven an Morgen, aver Korl hett stuur meent hatt, he wull nu de Tagesschau sehn. Do is Trudel stutzig worrn, hett den Dokter anropen, ehr Mann keem ehr so komisch vör, un ehrer Korl sik versüht, liggt he ok al in't Krankenhuus, Gehirnblutung. Dree, veer Daag hebbt wi Bang um em hatt, aver he is wedder worrn.

Warnschüsse, hett Hein Matzen seggt, dat sünd Warnschüsse. Mi hett de Dokter annerletzt en Tabell in de Hannen drückt: Wie ernähre ich mich bei Fettstoffwechselstörungen? En Tabell mit allens, wat ik nich mehr eten schall. Dickmakertabell, hett de Dokter dorto seggt, aver dor stunn allens op, wat mi dat Water in' Mund tosamenlopen lett. Sodennig freet ik mi je wull in de Kuhl rin.

Hermann vertell nu vun Hubert Reichel, de weer den enen Dag na'n Dokter gahn, harr sik maal dörchschecken wullt, man as de Dokter sien Werte süht, do schickt he em foorts na de Klinik, dat kunn ween, Hubert harr Prostatakrebs. Un so weer dat ok. Un wo he nu in de Klinik is, seggt de junge Oberarzt, he mutt opereert warrn, dat süht leeg ut mit den Krebs, un fraagt em, wo oolt he is. Un as Hubert bedrüppelt antert, 67, do seggt de Dokter, dat weer doch al en schöön Öller. Hubert hett em wull so benaut ankeken, do hett de Oberarzt em trösten wullt un hett meent hatt, in fröher Tieden weern de Lüüd veel fröher storven, Hubert schull sik man freuen, dat he tominnst de 67 al schafft harr. Do is Hubert denn doch giftig worrn, hett den jungen Dokter lang ankeken un hett seggt, in fröher Tieden weer ok de Säuglingssterblichkeit grötter ween as vundaag, sodennig schull de junge Dokter sik man freuen, dat he dat schafft harr un steiht nu vör Hubert. Nu sehn Se man to, hett Hubert den Dokter anfohrt, dat Se mi wedder op de Been kriegt un ik noch recht en Stück mitlopen kann. Dat hett de Dokter denn ok maakt.

Tscha, sä Korl, opereren köönt se allerbest, aver mit de Seel gaht se mennigmaal um, as wenn se nix as Handwarkers sünd un wi dat tweie Stück, dat vör ehr liggt Laat uns vun wat anners snacken.

*

En geiht de Tieden trüch un denkt, wat weer ween, wenn? Ik weet noch, sä Korl Denker, as ik junge Mann weer, do heff ik jümmer in de Stratenbahn en Speel speelt. Wenn dor en junge Fruu seet, denn heff ik mi ehr ankeken un heff dacht, wenn dat nu mien

Fruu weer un se kummt vun de Arbeid, jüst as ik, wi fohrt na Huus, maakt uns wat to eten, sitt, vertellt, drinkt en Beer. Un heff mi dor so rindacht, ik harr opstahn un to de Fruu seggen kunnt: Wi mööt nu utstiegen.

Jümmer wedder heff ik so in de Stratenbahn seten un heff mi en Leven utdacht, maal eenfach, maal gediegen, maal elegant, so as de Fruuns utsehn hebbt. Un fraag mi, weer ik mit de ok de worrn, de ik nu bün? Oder ganz en annern? Un denn vertell Korl de Geschicht vun Krüschan Steen, de harr na 50 Johr de Fruu wedderdrapen, mit de he as junge Mann maal gahn weer, do weern se beid 17, 18 Johr oolt, un he gung noch to School. Man jümmer wenn he ehr harr drepen wullt, harr se seggt, dat gung eerst an Avend, den Dag över muß se ehr Tante bistahn, de weer oolt un op. He hett de Tante aver nie to Gesicht kregen. So sünd se denn an Avend mitenanner lopen. Dat gefallt em aver nich, he denkt, dat is doch man halven Kraam, woso kann he ehr nich an' Namiddag sehn un mit ehr to Baden fohren oder sunstwat maken. Un warrt so bilüttens mööd vun ehr. Sien Schoolkameraden hebbt je all en Deern, mit de gaht se baden, fohrt Fohrrad un liegt an' Diek in de Sünn. Bloots he mutt jümmer töven, bit dat Avend warrt.

Do lett he de Deern susen.

Se is denn ok bald wegtrocken. Nadem hett he nie mehr wat vun ehr to hören kregen, hett laterhin heiraadt, dat weer aver wull nich de rechte Fruu, he worr scheedt, hett na veel Johren dat tweetmaal heiraadt, ok dat worr nich recht wat, un he hett sik scheden laten. Seet nu alleen in sien Huus, weer nich vergnöögt, ok nich jüst trurig, hett dacht, na ja, dat meist vun't Leven hett he achter sik, nu will he denn maal sehn, wat de letzten Johren noch so bringen warrt. Heiraden will he nich mehr, dat hett he achter sik, un he hett dor ok wull keen Talent to, denkt he.

Man wo he den enen Dag in Urlaub fohrt, he will sik Kopenhagen bekieken, do sitt he dor in en Café, un wo he dor so sitt, do fallt em op, en Fruu kickt em jümmerto an, de sitt an den Naverdisch.

Un he denkt, dat is je meist en beten driest so direkt as de Fruu em ankickt un will jüst opstahn un gahn, do kummt se an sien Disch un seggt, he schull ehr nich böös ween, wat dat aver angahn kunn, dat he Krüschan Steen heten worr. Do is he baff un seggt ›ja‹ un woso se em kennen worr? Se hett lacht un fraagt, wat he ehr nich ok kennen worr? He hett ehr anke- ken un hett gruvelt, schall he de Fruu kennen? Aver kann sik nich op ehr besinnen. Do hett se seggt, se weer de Deern, wo he sik bloots an Avend mit harr drepen kunnt. Un do kennt he ehr wedder.

Un se kaamt in't Snacken un Vertellen. Se weer al as junge Fruu na Kopenhagen trocken, harr hier ehr Arbeid funnen, weer nu aver ok al in Rente.

Un wo se so vertellt, fraagt he ehr miteens, woso se em bloots jümmer an' Avend harr sehn wullt? Dat mach se em nich seggen, antert se. Aver he hett ehr so dull beden, se schull em dat nu man verraden, do hett se seggt, he weer je doch ut en beter Familie ween, weer op dat Gymnasium gahn, se aver man bloots op de Volksschool un harr ehr Arbeid nagahn mußt, un de weer in de Fischfabrik ween. Un dat harr se em domaals nich seggen mucht, se harr Bang hatt, he harr ehr denn nich mehr lieden mucht. Un se harr sik ok eerst jümmer fix de Hoor waschen mußt un duschen, ehrer se to em kamen weer, se harr je doch op un daal na Fisch stunken. Un dat harr he doch nich marken schullt.

Un wo se em dat vertellt, do fraagt he ehr, wat se denn noch eenmaal wedder en lütt beten mit em gahn worr un wiest em Kopenhagen?

Dat deit se. Un wo se dor loopt, se wiest em de Stadt, vertellt vun ehr Leven, do denkt düsse Krüschan Steen jüst dat, wat ik as junge Mann in de Stratenbahn ok dacht heff: Kann dat angahn, denkt he, dat Leven weer mit düsse Fruu anners lopen un he weer en annern worrn, wenn he ehr as junge Deern nich lopen laten harr?

Un denkt, woso hett he nich eenmaal na de Tante fraagt, woso hett he ehr nich opsocht? Denn harr he dat je do al rutfinnen kunnt, dat gifft de Tante nich, de Tante is nix as en Fischfabrik! Un denn harr he dat je begriepen kunnt, woso se bloots an' Avend mit em gahn kann. Un dat se nich na Fisch hett rüken wullt. Un he harr ehr denn seggen kunnt, em stöört de Fisch nich.

Aver dat allens hett he nich maakt un nich seggt.

He hett ehr fraagt, ehrer he na Huus fohrt is, wat he denn noch maal wedderkamen kunn? Aver se hett seggt, en kann nich tweemaal in densülvigen Fluß baden.

Un so is dat denn ok, hett Hein Matzen seggt. Dat Leven is, wat dat is un weer, un nich, wat dat harr ween kunnt. Un dat mehrst dorvun is Tofall.

So sitt wi dor as an jeedeen Dünnersdag, speelt Korten, vertellt, snackt över Gott un de Welt un warrt öller.

Reimer Bull

Över'n Weg lopen
Geschichten ut de Lüttstadt

De langsamen Minuten
Geschichten vun hüüt un güstern

So sünd wi je wull
Dag- un Nachtgeschichten

Hett allens sien Tiet
Geschichten mank Anfang un Enn

Langs de Straten
Geschichten to'n Opbewahren

Wat för en Leven
Geschichten över Geschichten

Allens wasst na baven, bloots de Kohsteert nich ...
101 Snack-Geschichten

Wiehnachten so oder so
Advent, Wiehnachten un Sylvester

Erschienen im
Quickborn-Verlag

Siegfried Lenz

Geschichten ut Bollerup

Plattdüütsch vun Reimer Bull

Siegfried Lenz schildert auf eindrucksvolle Weise die Erlebnisfähigkeit der Bewohner Bollerups und ihre besondere Art, auf Erlebtes zu reagieren.
Er gibt einen Einblick in das dörfliche Geschehen, welches in seiner Urwüchsigkeit nicht typischer sein könnte.
Gerade aus diesem Grunde finden die Geschichten in der plattdeutschen Übersetzung von Reimer Bull eine nahezu ideale Ergänzung!

Erschienen im
Quickborn-Verlag